IMAGINAÇÃO em FUGA

Coletânea de contos
ANA LUISA TAVARES

Copyright © 2021 de Ana Luisa Tavares Meira Lima
Todos os direitos desta edição reservados à Editora Labrador.

Coordenação editorial
Pamela Oliveira

Revisão
Priscila Mota

Assistência editorial
Larissa Robbi Ribeiro

Imagem de capa
Ana Luisa Tavares Meira Lima
João Pereira

Projeto gráfico, diagramação e capa
Amanda Chagas

Imagens de miolo
Ana Luisa Tavares Meira Lima

Preparação de texto
Laila Guilherme

Dados Internacionais de Catalogação na Publicação (CIP)
Angelica Ilacqua CRB-8/7057

Lima, Ana Luisa Tavares Meira
 Imaginação em fuga : coletânea de contos / Ana Luisa Tavares Meira Lima. — São Paulo : Labrador, 2021.
 144 p. : il.

ISBN 978-65-5625-148-6

1. Contos brasileiros I. Título

21.2177   CDD B869.93

Índice para catálogo sistemático:
1. Contos brasileiros

Editora Labrador
Diretor editorial: Daniel Pinsky
Rua Dr. José Elias, 520 – Alto da Lapa
05083-030 – São Paulo – SP
+55 (11) 3641-7446
contato@editoralabrador.com.br
www.editoralabrador.com.br
facebook.com/editoralabrador
instagram.com/editoralabrador

A reprodução de qualquer parte desta obra é ilegal e configura uma apropriação indevida dos direitos intelectuais e patrimoniais da autora. A editora não é responsável pelo conteúdo deste livro. Esta é uma obra de ficção. Qualquer semelhança com nomes, pessoas, fatos ou situações da vida real será mera coincidência.

Sumário

Eterna parceria _____ 6

A dor do outro _____ 17

Amarga incógnita _____ 31

Um dia como qualquer outro _____ 46

A insanidade que me cerca _____ 62

O banquete _____ 77

Pesadelo real _____ 92

Sobre espelhos e pelúcias _____ 98

Fora dos planos _____ 109

Minha adorável presa _____ 114

O encanto de um demônio _____ 131

Eterna parceria

N as belas praias cariocas de areia branca e águas cristalinas, uma onda de agitação enchia a multidão. Cochichavam animados os novos boatos. Aparentemente a família Makarov estava de volta à sua esplendorosa casa de praia em Copacabana. Donos de vários imóveis espalhados pelos bairros mais nobres, como Leblon, Ipanema e Gávea, eram conhecidos há gerações por sua imensurável fortuna construída durante anos por seus talentosos membros. Grandes artistas, banqueiros poderosos, empresários influentes, médicos geniais e o que mais puderem imaginar. Porém, o que poucos sabiam era que no mundo oculto das negociações seu nome era ainda mais conhecido e temido. Essa famosa família, por séculos, rendeu os melhores nomes da espionagem, sendo conhecidos mundialmente pela graça, discrição e astúcia com as quais realizavam seus trabalhos. E era exatamente nessa casa de praia que esperávamos por nossas ordens. Aquelas que dariam início a tudo.

Dentro do escritório dos nossos pais, esperávamos em pé lado a lado, ansiosos com toda aquela tensão. Nosso pai, um dos atuais chefes da família, estava sentado em sua poltrona negra atrás da escrivaninha de madeira pura. Ele nos encarava sem sequer piscar. Analisava com cuidado os novos herdeiros da família. Eu, Alicia Makarov, e meu irmão, Micael Makarov, éramos gêmeos de pele canela, cabelos negros lisos e longos. Tínhamos olhos bicolores: azul-safira e castanho-mel. A mesma altura e quase o mesmo peso. A única coisa que chegava a nos diferenciar era a cor da mecha pintada em nossos cabelos. A minha de verde-esmeralda e a de meu irmão de cor de cereja. Próximos de nosso aniversário de vinte e um anos, já estava na hora de assumir os negócios da família, que, claro, incluíam as espionagens: essas que começariam exatamente com nossa primeira missão.

Ansiando pelas explicações, troquei o peso entre as pernas e vi de relance meu irmão morder os lábios. Ele sempre fazia isso quando nervoso. Para nosso alívio, meu pai decidiu iniciar a conversa. Começou com seu discurso incansável sobre as habilidades da família, dos serviços já prestados e de nossos contratantes (basicamente Polícia Militar, Polícia Federal, CIA e FBI). Depois do que pareceu uma eternidade, ele começou a explicar o trabalho. A Polícia Federal solicitou o auxílio de nossos pais na investigação de Marco Leoni. Um empresário cujo lema era abrir portas a todos que o procurassem. Sempre achei meio sem graça essa sua propaganda. Inclusive pelo fato de a sua logomarca ser uma chave. Pessoa sem criatividade... Mas, bem, voltando ao que importa, esse ser isento de imaginação era suspeito de tráfico de órgãos através de uma rede que englobava todas as regiões do Brasil. Nossos pais haviam aceitado o pedido e em uma semana conseguiram confirmar as suspeitas. Não à toa eram os chefes. Agora, seria a parte dois do trabalho. Pegar as provas. Essa era a parte divertida.

Nessa noite, o alvo faria uma festa beneficente em sua casa no Leblon. Segundo informações coletadas por nossos chefes, era justamente ali que encontraríamos provas de sua ligação com o tráfico de órgãos. Então nosso trabalho seria nos infiltrar na festa como convidados. O que, sem muita surpresa, já havia sido arranjado. Dentro da festa seguiríamos para o passo dois: seduzir a mulher do alvo e conseguir dela a senha para abrir o cofre localizado no escritório particular dele. Terceiro passo: pegar a chave que nos dará acesso ao escritório. Foi quando meu irmão conseguiu abrir a boca para questionar se não podíamos simplesmente arrombar a porta. Tínhamos aprendido a fazer isso sem deixar qualquer evidência, logicamente. A questão era simples, o homem decidiu ser criativo dessa vez e instalou uma fechadura diferenciada, a qual aciona um alarme mesmo quando a porta é empurrada da forma mais delicada possível. Além disso, não era possível usar uma cópia da chave. Então tínhamos que pegar a chave original, e assim, entrar no escritório. Por fim, pegar as provas no cofre e dar no pé. Provavelmente pela janela.

Éramos uma dupla. Tal fato facilitaria bastante, já que dividiríamos as tarefas. Em compensação, tínhamos que dobrar a discrição, pois nos infiltraríamos como dois estranhos. Para isso, eu usaria uma peruca loira e ele, lentes de contato para ficar com os dois olhos castanhos. Em relação às tarefas, fiquei responsável pelo jogo de sedução, considerando o histórico do meu alvo, a mulher de Marco Leoni, de manter secretamente relações lésbicas. Já meu irmão se encarregou de conseguir a chave do escritório. Ele ficou visivelmente aliviado com isso.

Sabia bem separar sua vida pessoal da profissional, mas sempre deixou clara sua preferência por homens. Para ele, seria no mínimo desagradável trocar carícias com uma mulher. De minha parte, não fazia diferença. Meu último ex me dispensou justamente porque soube que eu já tinha namorado mulheres. Resumindo, estávamos satisfeitos com a divisão. Hora de nos preparar.

Trocamos mais algumas palavras com nosso pai e então nos retiramos para nossos aposentos. Após separar todo o material necessário, escolhemos juntos as roupas e os acessórios. Para mim, um vestido preto longo com uma única abertura lateral, sandália de salto alto fino com diamantes incrustados na faixa que envolvia meu tornozelo, brincos discretos de diamante, uma corrente fina de prata que dava quatro voltas em meu pescoço e uma bolsa de festa preta de cetim. Para meu irmão, um traje social composto por camisa branca, gravata vinho, calça, colete e sapatos pretos, uma pulseira de prata pura e a mesma corrente fina enfeitando elegantemente o bolso único do colete. A maquiagem seria por conta de nossa mãe. Estava tudo pronto.

Às oito da noite eu já estava no Leblon, esperando em uma longa fila para entrar na residência do chefão. Após trinta minutos meu irmão chegou e entrou na fila também. Eu já estava às portas e podia admirar o esplendor do local. Uma casa de dois andares com arquitetura neoclássica. Porta dupla dourada no meio de pilastras brancas. Ao redor, um extenso quintal com grama recém-aparada, piscina em formato irregular e árvores baixas. Tudo envolto por altos muros brancos. À vista, cinco seguranças. Três atentos aos convidados, posicionados lado a lado com as mãos postas nas costas. Dois solicitando os nomes e checando-os na lista. Chegou minha vez, e apresentei-me elegantemente como dona de uma grande rede de hospitais.

Checaram a informação e em dez segundos eu já estava entrando num largo salão lotado de ricos pomposos. Pude ver algumas pinturas sofisticadas nas paredes, móveis de mármore, vasos de tamanhos variados enfeitando o ambiente, um espelho retangular central permitindo a visão de todo o salão e inúmeros garçons com os mais requintados petiscos e as mais caras bebidas. Aquele homem gostava mesmo de ostentar.

Após dez minutos, vi meu irmão entrar cheio de charme. Ele não perdia a chance. Lançou-me um olhar provocante, ao qual respondi com um sorriso tímido. Era hora. Peguei uma taça de vinho tinto do garçom à minha direita e localizei a anfitriã. Uma mulher de pele branca, olhos verdes e cabelos castanhos usando vestido de gala longo tomara que caia de uma brilhosa tonalidade cinza e um colar vistoso incrustado de esmeraldas. Estava aos pés da escada circular que levava ao segundo andar, trocando cumprimentos com um casal de senhores. Mantinha um sorriso amável e a postura impecável, mas os ombros estavam mais rígidos que o necessário, e não se via nenhum movimento em seus olhos. Tédio total, era o que ela sentia. Queria correr dali. Essa seria minha deixa. Pelo canto do olho vi meu parceiro seguindo para perto do empresário.

Andei pelo local por alguns minutos, lançando vez ou outra um olhar sedutor para a madame, até que ela conseguiu se livrar dos senhores e seguir para um dos cantos do salão. Serviu-se de uma taça de champanhe e fixou os olhos em mim. Relaxou os ombros, empinou um pouco mais os seios e abriu um sorriso convidativo. Certifiquei-me de que meu irmão distraía o marido dela e segui para o lado da madame. Com ar respeitoso, me apresentei e fiz um elogio à decoração da casa. Fui bombardeada com perguntas sobre meus negócios, e consegui deixá-la mais aberta a investidas com minhas respostas. Em dez minutos de conversa, ela já me olhava como se tivesse descoberto uma beleza rara. Hora de subir para o próximo nível. Passei a elogiar sua aparência, mostrar interesse por seus atrativos pessoais e deixar evidentes minhas intenções. Olhei discretamente o marido e o vi dar altas risadas, visivelmente excitado com a conversa que mantinha com o cirurgião-chefe do departamento de transplantes de um hospital renomado de São Paulo, ou por quem se passava meu cativante irmão em seu ótimo disfarce.

Dei o próximo passo. Aproximei meu tronco e deixei os lábios quase tocarem seu ouvido enquanto a convidava para uma conversa mais íntima. Não precisei nem sugerir uma opção de lugar. Ela riu como se eu acabasse de contar-lhe uma piada e ofereceu-se para me mostrar onde era o banheiro feminino. Agradeci fingindo constrangimento e permiti que ela me guiasse pelo salão. Passamos pelos convidados e seguranças, subimos a escada e acabamos em sua suíte privada. Enquanto ela se certificava de trancar bem a porta, aproveitei para pescar "meu ás" da bolsa e deslizá-los para debaixo de um dos travesseiros. Sentei-me na cama cruzando as pernas e deixando a abertura do vestido revelar toda a minha perna. Ela não iria resistir. Quando se virou para mim, fiz questão de deixar a alça do meu vestido cair, mostrando um pouco mais da minha pele. Com o meu gesto, obtive o efeito desejado. O rosto dela corou, e com um sorriso tímido veio sentar-se ao meu lado.

Comecei com cuidado. Levei minha mão a seu rosto e deslizei a outra pela sua cintura. Já podia sentir sua pele quente. Aproximei nossas faces e a beijei nos lábios enquanto colava nossos troncos. Ficamos assim por minutos, e o beijo ficava cada vez mais intenso. Nossas línguas se enroscavam como cobras, nossas mãos passeavam pelo corpo uma da outra sem nenhum pudor, e o prazer fazia nossos corpos queimarem. Meus dedos brincaram com o zíper de seu vestido até abri-lo, fazendo-o cair ao chão. Deixei que ela me empurrasse para a cama e se sentasse sobre meu quadril para então nos perdermos novamente em beijos e carícias. Quando estava enfim embebida por toda aquela excitação, levei minha mão a um pequeno cilindro metálico embaixo do travesseiro. Com ele escondido na palma de minha mão, tornei a passar os dedos pela orelha dela até alcançar sua nuca. Ela afastou a boca do meu pescoço ao sentir o metal frio em sua pele, mas já era tarde. Com uma simples pressão, uma agulha saltou e atravessou sua pele, injetando a dose de escopolamina, a droga favorita de minha mãe para extrair informações. Deixa a vítima indefesa e completamente obediente a qualquer ordem, além de causar amnésia. Tornou-se minha favorita também, depois que aprendi a usá-la.

Afastei-a de mim e a deixei sentada na beirada da cama enquanto me organizava para voltar à festa. Minhas ordens a ela foram simples: "O cofre com que seu marido tem tanto cuidado. Quero saber a senha. Você vai me dizer e depois vai se vestir para voltarmos à festa. Quando chegarmos lá embaixo, esquecerá completamente o que aconteceu aqui. Nunca subimos aos seus aposentos. Trocamos apenas algumas palavras e nos despedimos no salão mesmo. Passará o resto da noite ao lado de seu marido".

Com um aceno automático, ela sussurrou a senha. Gravei-a bem, sem necessidade de repetições. Saímos do aposento após dez minutos e retornamos ao salão. Ao passar novamente pelos seguranças, notei algo faltando. Todos eles tinham uma corrente de ouro enfeitando o bolso da calça. Porém um deles não tinha o broche em forma de chave que finalizava o enfeite. Tinha um formato peculiar que me fez pensar em plantas. Não faço ideia do porquê. A parte destinada à fechadura tinha uns quatro pinos de tamanhos variados. Uma chave nada convencional. Já imaginava bem do que se tratava e com quem estava. A anfitriã seguiu para perto do marido como ordenei, e notei o mesmo enfeite na calça dele. Dessa vez ele até tinha sido criativo. Usara os enfeites para esconder a chave verdadeira do escritório entre eles. Mas não contara com a habilidade de meu irmão. Este era capaz de identificar o verdadeiro objeto entre falsos, independentemente do que fosse.

Notei Micael cambaleando em minha direção e segui o plano. Tentei pegar uma nova taça de vinho, mas ele esbarrou em mim, enfiando algo entre meus dedos. Levei a mão ao peito enquanto o xingava. Um dos seguranças já se aproximava para afastar aquele bêbado que continuava a esbarrar em outros convidados. Beberiquei um pouco do vinho, afastando-me para a escada. A confusão estava formada. Meu parceiro tinha se virado contra o segurança e agarrado uma garrafa de champanhe. Ameaçava jogá-la na cabeça de alguém enquanto gritava horrores. Algumas pessoas correram para o quintal, já outras se espremeram na parede. Subi a escada na hora em que três seguranças saltaram sobre ele. Pude ouvir a confusão continuar, mesmo quando alcancei o segundo andar. Fingi buscar o banheiro ao ver que outro segurança passou correndo ao meu lado. Meu irmão era realmente o melhor em criar confusão.

No corredor completamente vazio corri para o escritório, retirei a estranha chave dos seios e a enfiei na fechadura. Sucesso. Conseguira abrir. Tranquei-me ali dentro e corri para a janela. Em menos de dois minutos meu irmão apareceu com as roupas amarrotadas e a gravata quase arrancada fora, mas com aquele seu sorriso irresistível de vitória. Sorri animada e o deixei entrar. Tiramos luvas da bolsa de festa e começamos a parte final. Enquanto eu abria o cofre, ele se apressava em acoplar um dispositivo elétrico a uma das tomadas. Assim que eu tivesse tudo de que precisávamos em minha bolsa, ele iria acioná-lo e causar uma sobrecarga elétrica. Quando tudo apagasse, teríamos três minutos para fugir. Mais do que o necessário.

Extratos de contas bancárias, celular pré-pago com ligações da semana, tablet com informações de compradores e revendedores, entre outras provas. Tudo enfiado na bolsa. Sentindo meu coração acelerar, pisquei para Micael. Seguiram-se o breu total e gritos de terror. Ele enfiou o dispositivo no bolso da calça e retiramos as correntes de prata do meu pescoço e do seu colete. Juntamos as duas e enfiei em um disparador disfarçado de batom. Posicionei o disparador e atirei duas vezes. No parapeito da janela e no muro ao redor da casa. Uma ponte firme de prata estava formada. Ali estava nossa saída.

Saltamos juntos para o parapeito, confirmamos que não havia ninguém embaixo de nós e seguimos pela corda, dando cambalhotas como exímios malabaristas. Retiramos a corda e saltamos para fora. Brinquei com meu irmão, dizendo que ele deveria ter sido um belo gato de rua em alguma vida passada. Então seguimos pela rua deserta com nosso prêmio. Arranquei da cabeça aquela maldita peruca e lancei um olhar de malícia para ele.

— Vai comemorar em grande estilo hoje?

— Claro. Merecemos.

— Com certeza. E sei bem como pretende comemorar.

Colei meu ombro ao dele e ri com esperteza, comentando os olhares que tinha visto muito bem entre ele e um dos seguranças. Ele gargalhou em resposta e puxou um cartão do bolso. O telefone do dito-cujo. Sabia que ele não deixaria escapar. Dei uma cotovelada amigável em suas costelas, curiosa por saber quais eram exatamente os planos. Ele deu de ombros e enfiou o cartão de volta no bolso. Surpreendeu-me ao envolver meus ombros com o braço.

— Por ora, vou comemorar com a melhor companhia que posso imaginar. Minha bela parceira de negócios e o grande amor da minha vida.

Impedi as risadas e passei o braço por sua cintura, perguntando o que ele queria com aquela declaração repentina e forçada. Ele não precisou responder. Sabia que eu só estava provocando-o da mesma forma que eu sabia que ele tinha falado sério. Sempre fomos assim. Em meio a este mundo e todas as suas incertezas, apenas uma coisa era certa para nós. E, mesmo nas sombras, eu estava feliz e com o coração repleto. Por ele. Por mim. O trabalho fora um sucesso. Nossos pais ficariam orgulhosos e nossos dias de espionagem estavam apenas começando. Iria seguir e fazer nosso nome ser maior do que o de qualquer outro. Sempre junto do meu companheiro, parceiro de vida e o maior amor da minha vida. Afinal, não dizem que acima de tudo está a família? Pelo menos na nossa, é assim que funciona.

"Aqueles que para muitas almas
são bravos heróis…"

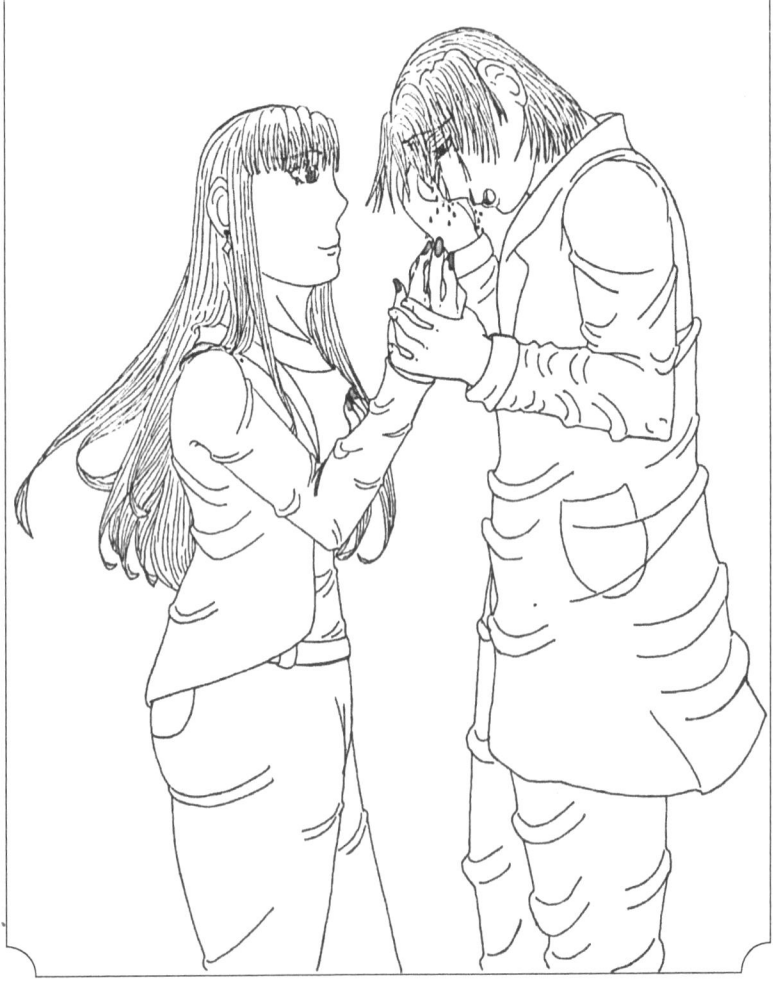

A dor do outro

Eram quatro horas da madrugada, e uma figura melancólica permanecia sentada em uma desgastada cadeira de plástico em meio a um corredor mal iluminado. Cabisbaixa, observava, por entre os fios castanhos de seus cabelos longos, o espaço comprido e vazio, de paredes brancas e piso liso, daquele hospital. Já era o seu quinto dia no Hospital Santa Luzia, considerado uma das referências para atendimento de urgência e emergência da cidade de João Pessoa. Mesmo assim, sua mente parecia congelada no dia em que seu pai fora admitido às pressas naquele local. Felizmente, devido ao cansaço das noites maldormidas e de insônia, os acontecimentos vinham em flashes incertos. Uma faca atingindo violentamente o abdômen de seu pai, o sangue rubro ensopando o pano usado para tentar estancar o ferimento, as mãos trêmulas da garota ao entrar na ambulância, o longo caminho percorrido no interior desta, os gemidos de dor do homem ferido, a chegada ao hospital e sua explicação desesperada que poderia ser resumida em poucas linhas:

— Meu pai, Antônio Alberto de Souza, cinquenta anos, estava entregando as notas da prova final aos alunos do colégio público Santa Isaura com a minha ajuda quando um dos estudantes se levantou da carteira abruptamente. Ignorando os avisos para voltar a se sentar, aproximou-se dele e começou a xingá-lo em tom ameaçador. Eu tentei intervir, mas antes que chegasse ao meu pai o aluno puxou um canivete do bolso e o atingiu no pé da barriga. Infelizmente, não tenho certeza do que aconteceu depois. Só lembro da gritaria, do agressor escapando das mãos dos colegas que tentaram pegá-lo e alguma das alunas gritando por ajuda na porta da sala.

Foram essas palavras que ela conseguiu proferir ao médico plantonista, depois que seu pai foi transportado na maca pelos corredores e sumiu por entre portas duplas metálicas. Percebeu que o mesmo médico tentava acalmá-la, mas não conseguia compreender o significado das palavras. Seu corpo estava frio, os olhos vidrados no sangue espalhado por sua blusa e a mente completamente paralisada. No automático, conseguiu se apresentar como Alice de Souza e informar que tinha vinte anos. Em seguida, sentiu batidas amigáveis em seu ombro e uma enfermeira a conduziu até uma cadeira na lateral esquerda do corredor. Nesse mesmo dia repetiu a história para cerca de três profissionais diferentes. Recebeu notícias tranquilizadoras após cerca de uma hora, e quando a noite começava a cair foi informada de que seu pai seria encaminhado para a enfermaria. Ainda não havia despertado, mas não corria mais perigo de vida. No momento, ela conseguiu abrir um sorriso de alívio, porém seu corpo ainda parecia estranhamente dormente.

Agora, no quinto dia, continuava perguntando-se como tudo havia chegado àquele ponto. Seu pai, formado em História e Filosofia, lecionava há mais de trinta anos. Era um homem honesto, trabalhador, esforçado e de uma paciência invejável, que havia começado sua carreira em Areia, uma cidade localizada no interior da Paraíba. A mesma onde ele nasceu, conheceu sua mãe e a criou até os seus dez anos. Ela se lembrava bem daquele lugar e do clima frio que a agradava tanto. A pequena escola na qual ele lecionou por quase dez anos e o caminho de pedras rústicas que suas pernas curtas faziam todo dia quando a menina corria a todo vapor para encontrá-lo. Ouvia sua mãe chamá-la preocupada enquanto a seguia, e quando tinham sorte conseguiam assistir aos últimos momentos da aula. Ela adorava. Não entendia muita coisa, mas sabia que ele falava sobre assuntos incríveis. Seu pequeno peito se enchia de orgulho ao ver o sorriso caloroso moldando o rosto do pai e os olhos castanhos iluminados. Ele parecia tão poderoso no meio de todas aquelas pessoas...

Afastando aquele pensamento infantil, Alice elevou a cabeça e fixou os olhos cor de canela em um balcão a alguns centímetros. Percebia que uma das enfermeiras de plantão separava alguns prontuários e organizava folhas soltas. A cabeça da jovem pareceu pulsar e ela suspirou, massageando a têmpora enquanto refletia.

"Por que será... por que pensei em algo assim naquela época?"

Forçando o corpo dolorido, Alice levantou da cadeira e arrastou os pés em busca de água. Gostaria de acalmar a mente, mas isso se mostrava uma tarefa impossível. Apesar de o pai ter despertado no segundo dia e sua mãe não descolar dele nem um segundo, a jovem continuava lutando contra a própria mente e seus planos futuros. Com o copo de água em mãos, voltou a divagar.

Pensando bem, todos os seus planos tinham começado aos doze anos. Naquela época, fazia dois anos que tinham se mudado de cidade. Moravam em João Pessoa, e apesar do tempo quente, ela se adaptou rápido e logo criou paixão pelas praias. Seu pai tinha começado a trabalhar em uma escola pública após passar os dois primeiros anos ensinando em cursinhos e dando algumas aulas particulares. Não era mais possível à pequena ver seu pai lecionando, mas sempre que ele retornava para casa ela saltava em seu colo feliz e perguntava sobre o dia. Encantava-se quando ele literalmente repassava a aula do dia. Em sua cabeça, ela definiu que seria tão incrível quanto ele. Pena que em poucos anos a realidade a atingiria sem nenhuma piedade.

Aos catorze anos ela começou a enxergar as nuances. As olheiras profundas, as dores de cabeça semanais, os horários estendidos de trabalho, o desespero pela dificuldade de pagar as contas, as pilhas de papel que o acompanhavam noite adentro, as ligações inoportunas, a perda de peso e as dores de coluna quase incapacitantes. Convenceu-se de que fazia parte. Se seu pai conseguia continuar sorrindo, era porque valia a pena.

A primeira agressão que seu pai sofreu ocorreu quando ela estava com dezessete anos. Quando Alice soube da notícia, ele já estava no hospital recebendo cuidados. Ela havia acabado de fazer a prova do vestibular. Percebeu os olhos inchados da mãe quando esta foi buscá-la e, naquela mesma noite, escutou pela primeira vez a mãe gritar com ele. Não conseguiu aborrecer-se com ela, pois parte de si mesma também queria repreender o pai. Esse foi o dia em que ela sentiu a pior dor de toda a sua vida ou, ao menos, foi o que pareceu na época.

Nunca imaginou que seria estraçalhada novamente dessa forma e que duvidaria tão fortemente dos próprios planos. Arrancando-a de suas reflexões, um estrondo metálico invadiu seu ouvido. Alice estremeceu e apertou o copo de plástico mais forte do que deveria, fazendo a água escorrer entre seus dedos e espirrar em sua camisa. Vozes exaltadas ecoaram em seguida, e Alice concentrou-se, tentando identificar de onde vinham. Largou o copo na lixeira mais próxima, enxugou as mãos na camisa e caminhou em direção à confusão.

Passando pelas enfermarias e virando à esquerda, encontrou a fonte do barulho próximo à entrada da emergência. Um homem alto e musculoso, com a testa fortemente franzida, balançava os braços de forma ameaçadora e xingava um grupo de profissionais enquanto uma mulher chorava desesperada. Entre os profissionais, uma enfermeira estava encolhida assustada, sendo amparada por uma médica que envolvia seus ombros. Um médico estava posicionado de forma protetora à frente das duas. Por fim, um enfermeiro tentava pedir que o homem se acalmasse. No chão estavam gazes espalhadas, uma bandeja metálica e uma cumbuca. Alice deduziu que eram a origem do estrondo. Ela passou os olhos com cautela por todos e os fixou no médico, identificando o nome Phelipe Ramos em seu jaleco. Era um homem que aparentava ter um pouco mais de trinta anos com pele branca, cabelos castanhos e olhos esverdeados. Estava incrivelmente calmo quando se pronunciou, considerando a situação:

— Senhor, não posso imaginar a dor da sua perda, mas peço que tente se acalmar. Não tenho palavras boas o suficiente para confortá-los, mas garanto que toda a equipe tentou tudo que estava ao nosso alcance. Infelizmente...

— Mentiroso! — Gritou a mulher aos prantos.

Sobressaltando a todos, ela avançou sobre Phelipe, atingiu seu peito com os punhos e desceu a mão em seu rosto, acertando-o com um tapa forte. O estalo da bancada deixou a todos sem ação no primeiro segundo.

— Se tivessem realmente feito tudo que estava ao alcance, ele estaria vivo! — Acusou a mulher, afastando-se histérica.

Alice sentiu a garganta arder e cerrou os punhos com revolta. Deu um passo na intenção de interferir, mas freou, confusa com o movimento da mão direita de Phelipe. Não tinha certeza se era direcionado a ela, mas teve a sensação de que era um aviso. Ela percebeu os enfermeiros retomarem a postura. A médica trocou algumas palavras com a enfermeira, direcionou outras para duas que se aproximavam e soltou a primeira. Enquanto as três se afastavam, essa mesma médica se juntou a Phelipe, que já direcionava um olhar mais firme para os dois familiares em luto. Alice ficou de certo modo aliviada por ver a tensão diminuir. Aparentemente a situação começava a ser controlada.

Após trocar novas palavras com os familiares e sua colega de trabalho, Phelipe dirigiu-se a Alice:

— Agradeço pela paciência. Seu pai está necessitando de algo?

Alice encarou-o ainda confusa e balançou negativamente a cabeça no automático, enquanto se perguntava se ele realmente sabia quem era o pai dela ou se havia apenas apostado nessa possibilidade. Recebeu dele um sorriso de constrangimento e aceitou quando ele se ofereceu para acompanhá-la de volta à enfermaria. Caminharam em silêncio, e aos poucos ela o identificou melhor. Ele tinha avaliado seu pai quando dera entrada na enfermaria e conversado alguns minutos com ela. Na hora, Alice não havia prestado realmente atenção e muito menos gravado detalhes de seu rosto. Porém, andando agora pelos corredores, detalhes como as olheiras fundas, os ombros discretamente tensos e o cansaço no olhar chamaram sua atenção. Despediram-se na porta da enfermaria, após ela responder a algumas perguntas sobre a evolução de seu pai.

No leito, Alice encontrou o pai em sono profundo. Pensou em juntar algumas cadeiras para tentar dormir um pouco, mas sua mente fervilhava com novos questionamentos. Em menos de trinta minutos já estava andando aleatoriamente pelos corredores. Viu-se no estacionamento sem perceber e agarrou os ombros com o vento frio que atingiu seu corpo. Ponderou dar meia-volta, porém um soluço sufocado chamou sua atenção. Estremeceu assustada no primeiro segundo, ao fitar a escuridão à sua volta, as sombras disformes dos carros e dois prédios pareados. Ainda assim, não conseguiu ignorar os novos soluços e aguçou os ouvidos. Seguiu o som, desviando dos automóveis e se direcionando para a parte posterior do prédio maior. Aos poucos sua visão se acostumou e ela pôde identificar uma figura solitária no canto esquerdo, bem ao fundo. Tinha o tronco curvado para a frente, e as mãos trêmulas agarravam com força as grades de ferro que rodeavam o local. Alice se aproximou um pouco mais, silenciosa, e constatou o que imaginava.

Com os ombros estremecendo e a cabeça baixa, Phelipe soluçava enquanto lágrimas pesadas escapavam de seus olhos e desciam pelas bochechas. O choro repleto de dor ensurdeceu Alice e fez seu peito doer. Aquela pessoa que havia se mostrado tão calma há poucos minutos agora estava desabando e se fragmentando em inúmeros pedaços. Ela podia ver a frustração, o desespero e a impotência cravados no corpo dele como profundas cicatrizes que se acumulavam a cada perda. Sem emitir nenhum barulho, continuou a observá-lo, refletindo.

"Entendo... É igual. É exatamente igual... Independentemente de todo o esforço, formam-se feridas. A cada insulto, a cada agressão, a cada perda, a cada insucesso formam-se feridas profundas. Feridas não apenas físicas, mas nos recantos mais profundos da alma que se tornam cicatrizes vastas e permanecem pela eternidade. E mesmo assim, com o corpo esfarrapado e remendado, o trabalho é feito. Por que será que optamos por isso? Algo tão belo e admirável, mas ao mesmo tempo triste..."

Alice permaneceu estática mais alguns minutos até que Phelipe começou a retomar o controle. Ele respirou fundo algumas vezes e usou as mãos para limpar as lágrimas do rosto. Fungou e as enfiou nos bolsos, tateando-os. Nesse momento, Alice decidiu se pronunciar. Fazendo o médico enrijecer e saltar para o lado, a garota aproximou-se um passo e o chamou. Puxou um lenço do bolso da calça e o estendeu para o homem que a encarava com as bochechas levemente ruborizadas. Ele aceitou com um agradecimento acanhado e enxugou melhor o rosto, desajeitado. Tentou desculpar-se pela cena, mas ela tranquilizou-o dizendo que não havia necessidade. Alice precisava esclarecer algo antes de qualquer coisa.

— Doutor, tem algo que eu gostaria de perguntar...

— Claro. O que seria?

Alice tirou o peso do corpo de uma perna para a outra e afastou alguns fios do cabelo para trás da orelha, formulando melhor o questionamento:

— Há alguns minutos, naquela confusão... você fez um sinal estranho com a mão. Por acaso, aquilo foi direcionado a mim?

— Fiquei aliviado que tenha entendido o sinal.

Alice puxou mais alguns fios de seu cabelo e inclinou a cabeça em dúvida.

— Por que me impediu?

— Porque não seria muito bom se tentasse intervir. Mesmo que tentasse argumentar, eles não a escutariam. Poderia acabar apenas se machucando. Diante de uma perda, o ser humano reage de diferentes formas à dor, e uma delas é direcionar raiva e agressividade a alguém que vê como culpado.

— Isso eu entendo, mas... — Alice desviou os olhos incomodada e balbuciou: — ... não justifica a agressão.

Phelipe sorriu com gentileza e voltou o tronco para a garota, fazendo-a fitá-lo novamente.

— Concordo. Por isso, naquele tipo de situação, era necessário que alguém mantivesse a calma. Para que os outros presentes não acabassem sendo agredidos ou para que a situação não saísse por completo do controle.

Ele deixou escapar um suspiro cansado e voltou o rosto para o céu, mirando os primeiros sinais do amanhecer.

— Por mais que a decepção de não ter sido capaz doa. Por maior que seja a sensação de inutilidade. Por mais forte que tenha sido o vínculo criado. Essa dor é apenas uma gota dentro de um vasto oceano, quando se pensa nos familiares e nos amigos do paciente. Esses conviveram por anos junto a ele, compartilhando alegrias, angústias, vitórias e derrotas das quais não sabemos nem metade. Por alguma razão, quando penso nisso, me parece um pouco injusto da minha parte demonstrar essas minhas fraquezas a eles. Penso que neste exato momento não estou sendo muito justo com você.

Phelipe tornou a fitar Alice e forçou um sorriso de pesar e derrota. Ela já havia decifrado tudo e podia ver claramente. Naquela madrugada, o corpo desse homem havia sido dilacerado, e do corte profundo escorriam litros de sangue vivo enquanto a alma se contorcia em meio a uma dor imobilizadora. Não havia nenhuma dúvida em sua mente. Aquele homem, assim como seu pai marcado de cicatrizes, era o que poderia ser considerado um herói. Lembrou-se da sensação calorosa que encheu seu peito quando decidira que seria uma grande professora na área de Biologia. Pela primeira vez nesses cinco dias, seus lábios conseguiram se curvar em um sorriso com bondade, e ela o surpreendeu novamente ao segurar seus dedos com delicadeza.

— Tudo bem. Isso que você chama de fraqueza com certeza é força para outros. Por isso, não há necessidade de se conter — tranquilizou-o Alice.

Ele ficou sem palavras. Em parte, porque não entendeu qual era o ponto a que ela desejava chegar. Por outro lado, porque sua garganta fechou e os olhos tornaram a arder com as novas lágrimas. Phelipe levou o lenço aos olhos, cobrindo-os, e chorou por mais alguns minutos enquanto o sol se erguia. Quando os raios começaram a aquecer seus corpos, eles se miraram calmos e Alice liberou os dedos do homem. Voltando a ruborizar, ele agradeceu e ela informou que voltaria para perto do pai.

Entrando nos corredores, disparou para a enfermaria. Encontrou seu pai sentado no leito, prestando atenção em uma televisão pequena que ficava no meio do aposento. Passava o jornal. Alice riu com o pensamento de que ele sempre assistia àquele mesmo programa toda manhã. Ela apressou-se para seu lado e o assustou ao agarrá-lo amorosamente com um sorriso largo no rosto. Ele ficou ainda mais confuso quando ela lhe agradeceu e depositou um beijo em sua bochecha. A garota apenas gargalhou. Fez o mesmo com a mãe quando ela entrou algumas horas depois. Trazia de casa roupas novas e uma vitamina especial que o marido adorava. Havia conseguido permissão no dia anterior para isso. Já servia o marido no momento em que Alice notou um movimento estranho na entrada. Um adolescente encolhia-se ali de forma que apenas a cabeça era visível e mirava com insistência o leito de Antônio. Ela estranhou quando seus olhos se encontraram e o jovem saltou aterrorizado, escondendo-se.

Com um pedido de licença, a garota afastou-se para a entrada. Identificou três vozes sussurrando e assim que saiu visualizou os adolescentes. Duas garotas e um rapaz. Estavam espremidos na parede em uma discussão ferrenha sobre entrar ou não. Alice pigarreou, chamando a atenção deles, e prendeu uma risada quando eles saltaram e esbugalharam os olhos para ela.

— Desejam algo?

Os três jovens fitaram-se incertos e seus rostos coraram intensamente. O rapaz passou uma das mãos na nuca e balbuciou um pedido de desculpa, evitando encará-la. Alice juntou as sobrancelhas achando estranho, mas em alguns segundos reconheceu os garotos. Eram todos alunos de seu pai que estavam presentes no dia da agressão. Uma das meninas era a que havia gritado por ajuda na porta enquanto a outra a havia ajudado a chamar pelo SAMU. Por sua vez, o garoto tinha tentado pegar o agressor, ignorando completamente a faca em suas mãos. Alice exclamou, e antes que pudesse se pronunciar as meninas soluçaram. Os três alunos abaixaram de vez o tronco em um pedido formal de desculpas. Ela percebeu os corpos trêmulos e viu as lágrimas escapando. O garoto cerrou os punhos com força e se pronunciou:

— Nós... sabemos que não temos nenhum direito, depois de tudo que aconteceu, mas... viemos aqui porque queríamos saber notícias do senhor Antônio. Pode parecer mentira, já que demoramos todos esses dias, mas... não sabíamos se poderíamos aparecer aqui. Também gostaríamos de pedir perdão! Por favor, se for possível... Como representantes de toda a turma, estamos aqui para implorar por perdão. Todos estão muito preocupados e envergonhados. Por isso viemos como representantes pedir...

A voz do garoto falhou e ele mordeu os lábios, abaixando ainda mais a cabeça. Alice estava em choque. Não fazia ideia do que ele estava falando. Seu pai fora agredido por um aluno em específico. Mesmo que a lembrança de tudo aquilo a fizesse sentir um ódio colérico, ela também percebia um sentimento de gratidão misturado. Não pretendia culpar a todos pela maldade de um e lembrava de como a maior parte dos alunos tentou salvar seu professor. Sentindo a garganta arder, sorriu com gentileza e levou a mão à cabeça do garoto.

Assim como existem feridas e cicatrizes, existe aquilo que cura, que ameniza a dor, que diminui os estragos e torna o trabalho essencial. A cada retorno, aprendizado, olhar de gratidão, admiração, crescimento e vida alterada, é possível se recompor e seguir adiante.

Sentiu o garoto levantar a cabeça hesitante. As duas meninas seguiram seu movimento, e os olhos dos três saltaram quando fitaram o sorriso doce de Alice.

— Agradeço por virem atrás de notícias. Venham, ele está acordado. Vai gostar de ver vocês.

Ela afastou a mão do garoto e abriu caminho para eles passarem. Não precisou falar mais nada. Sabia que os jovens haviam entendido. Eles não precisavam implorar por perdão. Eles não eram o agressor. Ela sentiu-se feliz pela admiração e pela extrema gratidão que viu no olhar dos alunos. Tornou a insistir para que entrassem e logo se fez um clima de festa. Alice ficou observando tudo a alguns passos de distância. Viu-os cumprimentar seu pai encabulados, pedir perdão, cair no choro novamente e então se agarrar ao professor. Ela percebeu alguém se aproximar e parar ao seu lado. Soube quem era no mesmo minuto e sorriu ao ouvir a voz.

— As coisas estão animadas por aqui.

Alice concordou com a cabeça e voltou o rosto para Phelipe. Ele observava os adolescentes com uma das mãos no bolso do jaleco e um sorriso. Desviou o olhar para a mulher ao lado e inclinou a cabeça com olhar questionador quando ela voltou o tronco para ele.

— Obrigada. De verdade... muito obrigada — anunciou Alice, estendendo uma das mãos para Phelipe.

Ele permaneceu em silêncio alguns segundos, fitando-a visivelmente confuso. Virou também o tronco e levou a mão à dela, segurando-a.

— Não entendi bem o motivo, mas aceito o agradecimento — retribuiu Phelipe, sorrindo novamente.

Alice não se deu ao trabalho de explicar. Não era necessário. Apertou com firmeza a mão dele antes de se soltarem e permitiu que ele seguisse para o leito de Antônio sem deixar de mirá-lo.

"Ainda não tenho todas as respostas de que gostaria, mas de uma coisa tenho certeza: esses planos, esse sonho, ainda valem a pena. Você pode não estar compreendendo agora, mas quando eu alcançar meu objetivo espero poder encontrá-lo novamente. Nesse dia, vou lhe agradecer da mesma forma que faço agora. Por ser uma das pessoas que me ajudaram a moldar meu futuro. Enquanto esse dia não chegar, espero que ao menos essas palavras possam ajudar a fechar algumas das suas feridas, mesmo que poucos centímetros."

Amarga incógnita

Alta, esguia, pele cor de canela, fios negros como petróleo dançando ao ritmo do vento que acompanhava a maresia, e olhos esverdeados como esmeraldas fixos no mar que se perdia no horizonte. À sua volta, a areia amarronzada era acariciada pelas águas azuladas, assim como suas pernas nuas. Morros serpenteavam em volta, e ao longe vislumbrava-se o Pão de Açúcar, tornando toda a visão ainda mais bela. Foi tal imagem, em meio à Praia Vermelha, que deu início a tudo.

Caio, rapaz moreno de olhos cor de mel e cabelos chocolate, andava de forma aleatória pela praia. Sentia os pés afundarem na areia frouxa e as ondas geladas os atingirem, fazendo espirrar gotas em suas pernas. Tinha uma expressão séria, a cabeça cheia e o peito inchado de ansiedade. Fazia um pouco mais de seis meses que tinha concluído seu curso de enfermagem pela

Universidade Federal do Rio de Janeiro e agora, com vinte e três anos, estava a dois dias de começar seu primeiro emprego em um hospital público de médio porte localizado no bairro da Urca. Tinha recebido tal notícia no começo da semana e passado os dias atônito com as inúmeras possibilidades que rondavam sua mente. Era assaltado por uma mistura de emoções: orgulho, excitação, preocupação, ansiedade, insegurança e tantas outras que não conseguia identificar. Experimentava uma nova onda dessa doce e amarga mistura, até que sua atenção foi capturada pela visão daquela bela mulher.

Ela aparentava cerca de vinte e cinco anos, tinha os braços frouxos nas laterais do corpo e acompanhava a calmaria das ondas sem mover um músculo. Poderia até ser confundida com uma estátua se não fosse o movimento regular de seu tronco. O maior destaque eram seus olhos, que para Caio pareciam vagos e de certa maneira melancólicos. Será que mais alguém conseguia notar? Deixando os próprios questionamentos de lado, o rapaz aproximou-se dela. Notou-a erguer a cabeça um centímetro e iniciar um passo. Interrompeu-a com um pedido de licença que visivelmente a assustou mais do que o esperado. Ela chegou a soltar um som estranho quando virou bruscamente o tronco para ele e o encarou com olhos saltados. Deu passos atrapalhados para trás e desequilibrou-se, caindo sentada. Caio apressou-se em pedir desculpas, constrangido.

— Não tinha a intenção de assustá-la — afirmou Caio, notando o short e a barra da blusa da garota completamente encharcados.

Ela permaneceu alguns segundos em silêncio, observando-o como se não soubesse com quem ele falava. Apenas quando o rapaz abaixou um pouco o tronco, apoiando uma mão no joelho e estendendo a outra, foi que ela meneou a cabeça e respondeu, rouca:

— Tudo bem...

Aceitando a ajuda, pousou a mão sobre a dele e levantou-se. Acenou discretamente para novos pedidos de desculpa e fitou os próprios dedos, que ainda eram envolvidos pelos dedos do estranho. Este atrapalhou-se ao perceber e largou-os apressado, dando uma risada nervosa. Silenciosa, ela voltou o corpo para o mar. Caio ponderou internamente sobre tê-la irritado, mas não moveu os pés. Algo o mantinha e ordenava-o a insistir. Seria algum tipo de intuição? Acompanhando o movimento dela, Caio virou o corpo para o mar e deixou o cheiro característico encher seus pulmões. Sentiu a musculatura relaxar e a mente clarear. Sempre gostou da praia, e a água salgada era sua melhor companheira quando precisava lidar com pressão. Decidiu interromper o silêncio, após alguns minutos de contemplação:

— É realmente incrível! Uma imensidão que se perde de vista. É como se pudesse levar tudo que nos sufoca para longe. Tudo que não nos cabe e apenas pesa em nosso peito. As ondas calmas até parecem nos confortar. De certa maneira, nos liberta mesmo quando o mar está repleto de ondas violentas. Parece nos refletir para nos confirmar que logo logo virá novamente a calmaria.

Respirou fundo, enchendo novamente os pulmões, e riu discretamente ao não receber resposta. Virou o rosto para a garota e a fitou, pensando em despedir-se.

— Ah, me chamo Caio Fabiano. Foi um prazer. Espero que o mar tenha te ajudado.

Ela continuou quieta até que ele moveu o tronco com a intenção de retirar-se. Freando-o, ela voltou a falar com a voz cansada:

— Você... acha mesmo? Quão longe levaria? Se é assim, poderia finalmente encerrar...

— Ao menos é possível pensar com mais clareza nas opções.

— Entendo...

Caio sorriu com gentileza e ela tornou o rosto para ele.

— Saphira... Meu nome é Saphira.

O sorriso de Caio tornou-se mais largo ao notar uma ponta de interesse nos olhos esverdeados, e ele desatou a falar. O rapaz nasceu no Rio de Janeiro e morou com os pais até metade do curso de enfermagem, quando conseguiu alugar um apartamento no bairro da Urca. Inicialmente dividia o local com um amigo, mas a cinco meses de se formarem este se mudou e Caio passou a morar sozinho. Conseguiu lidar com as despesas sem problemas devido à ajuda dos pais e ao salário que recebia ao trabalhar à noites e aos sábados em uma pequena loja no Centro. Ficou feliz por ela prestar atenção a suas palavras e em alguns momentos raros lhe lançar perguntas. Preferiu não a questionar e se contentou com os poucos dados que ela passou espontaneamente.

Saphira Luna havia nascido em São Paulo, mas aos treze anos se mudou para o Rio com os pais. Tinha começado o curso de arquitetura pela Universidade Federal, mas trancou fazia cerca de um ano. Nada mais. Independentemente das poucas palavras dela, Caio ficou satisfeito por notar a melancolia em seu rosto diminuir. Despediram-se no final da tarde em frente a um bar no qual Saphira, segundo disse, encontraria um amigo.

Na tarde seguinte ele acabou naquela praia, encontrando-a exatamente no mesmo lugar. Teve uma sensação estranha ao vislumbrar o cenário idêntico, mas estava ainda mais tenso para prestar muita atenção. Iniciaria seu trabalho no dia seguinte. Basicamente daria plantões na enfermaria clínica do hospital, das sete horas da manhã até sete da noite, de segunda a sexta, e tentaria pegar alguns plantões noturnos para conseguir pagar todas as despesas. Além disso, estaria nos sábados das sete horas da manhã à uma da tarde na enfermaria cirúrgica do mesmo hospital. Lembrava-se das práticas na universidade e das histórias contadas pelos professores sobre desentendimentos com pacientes e até familiares. Isso o deixava de certa forma temeroso, mas não havia muito que fazer. Daria o melhor de si, independentemente do que o esperava. Foi para isso que havia se esforçado tanto até agora.

Apesar da cabeça lotada, Caio cumprimentou Saphira e colocou-se ao lado dela como no dia anterior. Trocaram poucas palavras e apreciaram a vista. Ele foi pego de surpresa quando ela tocou seu braço e apontou para a areia, convidando-o a sentar um pouco e mostrando-lhe um pano grande o bastante para os dois se acomodarem. Organizaram-se de forma que as ondas ainda tocavam levemente os dedos dos pés. Passaram a maior parte do tempo em silêncio, mas isso não os incomodou. Não viram necessidade de muitas palavras. Apesar de terem se conhecido no dia anterior, a companhia já era suficiente para trazer certa calma como um apoio silencioso. Ao final do dia, Caio espantou-se novamente ao se despedirem, quando Saphira desejou-lhe boa sorte na primeira semana e sorriu fracamente. Poderia ser nada para outra pessoa, mas ele considerou uma vitória. Inesperadamente tinha conseguido diminuir um pouco o sofrimento de alguém. Tinha acabado de ganhar um pouco de confiança, mas esta oscilou como as próprias ondas durante as semanas seguintes.

O trabalho era uma grande mistura. Por um lado, incrivelmente gratificante. Enfim, após anos de estudo e esforço, ele sentia que fazia alguma diferença. Executava bem tarefas e procedimentos, conseguia desenvolver uma boa relação com a maioria dos pacientes e se dava bem com os colegas. Tudo isso lhe permitia o principal. Conhecia pessoas diversas e suas histórias de vida únicas, oferecia alento e alívio, e ao final do dia voltava para casa com o peito carregado de sorrisos tirados com graça e gentileza dos pacientes e familiares. Por outro lado, era assustadoramente estressante. Todo dia tinha toneladas de papel para preencher, era constantemente interrompido quando realizava algum procedimento, acabava estendendo-se no horário a ponto de ficar com apenas trinta minutos de almoço, encerrava quase todos os dias apenas às oito da noite e experimentava com maior intensidade o sentimento de impotência quando já não havia o que fazer por um paciente. Além disso, precisava ouvir inúmeras reclamações de familiares insatisfeitos, e logo na segunda semana chegou a receber algumas ameaças verbais. Começava a desenvolver um pouco de insônia. Mesmo assim, estava todo dia a postos às sete da manhã, tentando manter um sorriso solícito no rosto.

Quanto a Saphira, ela se tornava uma incógnita cada vez maior. Passou a encontrá-la todo final de semana. Quando não era possível, chegavam a trocar algumas mensagens. Como nos primeiros encontros, ela escutava mais do que falava. Caio tentava sempre manter uma conversa mais animada, contando as histórias divertidas do trabalho quando ela lhe perguntava a respeito. Ele alegrava-se com o interesse dela e por ver novos sorrisos que se alargavam alguns centímetros a cada semana. Também gostou quando descobriu algumas aleatoriedades sobre ela, como seu gosto intenso por frutas cítricas, seriados policiais, livros e filhotes. Porém, algo continuava a incomodá-lo. Certo desdém no tom de sua voz ao falar de si mesma e os ombros persistentemente encolhidos. Ainda assim, ele sabia que já tinha sido conquistado. Ficou descompassado em um dos encontros quando Saphira envolveu seus ombros de surpresa, fazendo sua cabeça descansar sobre o ombro magro dela. Tinha sido uma semana difícil, e ele acabara deixando escapar um desabafo. Pensou que a tinha chateado, mas ela o espantou ao acolhê-lo. Saphira deslizou os dedos pelos fios lisos da franja dele e questionou em um tom tristonho:

— Então... por que insiste? O que o faz ir tão longe?

Caio levou alguns segundos para raciocinar, e as bochechas queimaram quando ela o apertou. Deixou escapar um riso de alegria e segurou a mão da garota. Afastou-a de seus cabelos, levantou a cabeça para encará-la e lhe dirigiu um sorriso doce ao ver as sobrancelhas franzidas e os lábios torcidos dela.

— Porque quando terminar eu quero poder dizer: eu realmente fiz tudo. Eu vivi e deixei algo de bom para trás. Mesmo que seja apenas a mera lembrança de que um dia eu fui o alívio para a dor de alguém.

Nesse dia, Saphira não falou mais. Aquele que deveria ser o último encontro aconteceu numa sexta-feira no hospital público Santa Paz, local de trabalho de Caio. O relógio marcava meio-dia quando o rapaz finalizou um acesso periférico difícil e tentou sair para o horário de almoço. Porém, logo na entrada da enfermaria II, precisou acalmar uma acompanhante que reclamava da demora em trocarem o soro de sua irmã. Tentava ser gentil, mas sua cabeça latejava e sentia-se tonto. Ficou grato quando um colega interferiu e conseguiu fazer a familiar retornar para dentro da enfermaria, argumentando que já estavam providenciando o soro. Aliviado, ele massageou a testa, afastando alguns fios da franja para o lado, e agradeceu. Virou o corpo para afastar-se, mas travou surpreso.

No meio do corredor, sentada elegantemente, estava Saphira com uma bolsa colorida no colo, onde as mãos repousavam cruzadas. Tinha algumas mechas do cabelo puxadas para trás e fixadas por uma presilha de rosa. Ele apressou-se até ela e prendeu uma exclamação ao notar o discreto brilho labial. Era a primeira vez que ela usava algum tipo de maquiagem.

— Saphira, oi! Fico feliz em vê-la, mas por que está aqui? Aconteceu algo?

A garota o fitou com um sorriso singelo e moveu as mãos em um sinal de negação, tranquilizando-o. Levantou-se, ajeitando a barra do vestido azulado, e estendeu a bolsa para ele.

— É sempre você que vai até mim. Então, dessa vez, pensei em mudarmos um pouco os papéis. Trouxe isto para você... Comida.

Ele aceitou com um agradecimento e a guiou por corredores e escadas até o telhado. Geralmente corria para lá quando conseguia uma hora de almoço. Ali era silencioso, fresco e permitia uma bela visão. Além disso, sempre havia uma mesa e cadeiras de plástico à sombra, já que vários funcionários aproveitavam aquele espaço em algum momento do plantão. Deram sorte de encontrar uma mesa vazia num canto mais à esquerda. Acomodaram-se, e por insistência de Saphira ele se serviu. Conversaram sobre os últimos dias enquanto Caio comia, até que ela comentou timidamente:

— Agora há pouco... Parecia que estava com problemas.

— Ah, não foi nada sério. Apenas um pouco de impaciência, mas é algo comum quando se tem alguém querido internado em um hospital.

Ela balbuciou em resposta e fixou o céu, distraída. Ficou assim alguns minutos enquanto seus olhos esquadrinhavam o local. Pronunciou-se novamente ao fitar as nuvens.

— Acho que... sempre é assim. Não importa o que faça ou quanto se esforce, nunca será o suficiente. Seus erros, falhas, defeitos e medos sempre serão apontados e supervalorizados, independentemente do que faça...

Caio franziu o cenho, confuso. Mais do que com as palavras, ele não conseguiu compreender se aquilo era direcionado a ele ou a ela mesma. Pensando em questionar, levou a mão à dela e segurou-lhe os dedos. Conseguiu que ela voltasse a encará-lo, mas antes que dissesse uma palavra Saphira libertou-se e levantou apressada. Falava algo sobre ser tarde e não querer mais atrapalhá-lo. Ele ainda se levantou e tentou tranquilizá-la, mas a garota já disparava para a saída do telhado. Lançou um aceno ao rapaz e desapareceu na escadaria. Caio agarrou a bolsa apressado e tentou segui-la, mas já era tarde. Olhou o relógio e mordeu a bochecha, nervoso. Estava na hora.

Passou o resto do dia digerindo as últimas palavras de Saphira e, quando chegou em casa à noite, tentou contatá-la por mensagem. No outro dia, fez o mesmo ao sair do trabalho. Passou pela praia com a esperança de encontrá-la, mas também não obteve sucesso. Estava preocupado. Tinha uma sensação estranha acerca disso. Tentou se convencer de que estava exagerando, mas na tarde de domingo foi esmagado por algo bem pior do que havia imaginado. Sua corrida contra o tempo havia começado no momento em que suas mãos tocaram a carta.

> Meu querido Caio,
> Primeiro gostaria de deixar meu sincero pedido de desculpa pelo transtorno e talvez pela dor que esta carta venha a lhe causar. Não sei ao certo se foi uma boa ideia escrever, mas antes de encerrar tudo eu gostaria de ao menos deixar alguns esclarecimentos. Talvez não tenha importância, e a verdade é que não tenho nenhuma explicação plausível para o que estou prestes a fazer. Apenas preciso acabar com tudo de uma vez por todas. Estou cansada. Sempre estive. Nunca houve um significado. Apenas vozes evidenciando minhas falhas e vergonhas. Eu já havia me decidido antes mesmo de conhecê-lo. Naquele dia, na praia, estava pronta para deixar tudo para trás. Por isso levei realmente um susto quando você me abordou. Não esperava que

alguém fosse notar ou sequer se dar ao trabalho de falar comigo, mas você percebeu logo. Por isso falou sobre o mar, não? Foi realmente estranho. A partir do momento em que começou a me contar coisas, me peguei pensando que talvez pudesse adiar um pouco meus planos. Acabei por adiá-los demais.

Como disse antes, infelizmente não tenho uma explicação plausível. Apenas não sou mais capaz de seguir, já faz um tempo. Nunca entendi por que nasci ou para que devo seguir. As pessoas sempre falam que devemos viver ao máximo, porém a única coisa que fiz até hoje foi sobreviver. Passar pelas horas e pelos dias. Quando se está assim, já não é possível sentir. Encontra-se apenas vazio. Era a única coisa que percebia há um bom tempo. Porém, nessas últimas semanas algo pareceu despertar. Um desejo tolo. Isso me assusta. Me apavora. Porque sei que não é possível para mim. Não farei nenhum bem. Se eu ousar continuar e acabar sentindo algo mais, vou acabar apenas fracassando. Não fui capaz de trazer nada de bom a ninguém até hoje. Por que agora seria diferente? Não há qualquer lógica. Por isso, está na hora de parar. Parar de trazer problemas a todos, de ser um peso, de decepcionar, de ferir... Está na hora de parar de tentar, pois aprendi há muito tempo que sempre acabarei sendo levada aos mesmos erros e delírios por essa mente amaldiçoada. Só espero que não tenha estragado tanto sua vida.

Deveria ter dito no nosso último encontro, mas acabei entrando em pânico. Espero que possa guardar apenas esse final. Mesmo que muitas vezes os outros o definam por suas fraquezas e medos, eu sei que ficará bem. Sei que vai conseguir realizar seu desejo e ajudar inúmeras pessoas. Ainda que seja severamente julgado, você ficará bem. Porque você é cheio de luz. Por isso devo dizer... adeus.

Seu corpo congelou, as mãos tremeram e o suor frio desceu por sua nuca quando os olhos passaram corridos pela carta. Seu cérebro computou depressa as palavras e o significado perturbador daquilo tudo. Agora compreendia por que tinha insistido no dia em que a conheceu, as sensações estranhas que teve quando estiveram juntos e todos os sinais silenciosos. Com a garganta fechando, ele deixou o papel escapar de seus dedos e olhou ao redor, desesperado. Precisava achá-la, mas sua mente estava a mil. Não conseguia focar e muito menos raciocinar direito. Tropeçando nos próprios pés, Caio ignorou qualquer lógica e disparou para a rua. Agarrou uma bicicleta velha que tinha deixado mais cedo em frente ao apartamento e acelerou em direção à praia vermelha. Derrapou a poucos centímetros da areia e seguiu correndo, ignorando olhares curiosos. Freou no local onde haviam se encontrado pela primeira vez e procurou sinais da garota. Parou alguns desconhecidos, questionando-os sobre uma mulher de cabelos negros e olhos esverdeados. Para seu maior desespero, ninguém parecia ter visto tal pessoa por ali. Esbravejando, socou a própria cabeça, forçando-se a raciocinar. No segundo soco, algo estalou em sua mente e ele xingou ao lembrar a atenção que ela dera ao telhado quando o visitara no hospital.

Correu como louco para a bicicleta caída na calçada e pedalou com todas as forças direto para seu local de trabalho. Quase entrou com ela no hospital, mas conseguiu saltar a tempo e a deixou atingir a parede, assustando as pessoas do lado de fora. Entrou quase caindo no chão e desatou por corredores e escadas, ignorando os gritos de surpresa e o segurança em seu encalço. Deixou o corpo atingir a porta de acesso ao telhado e estancou descompensado ao reconhecer os fios negros dançando com o vento. Sentiu o segurança agarrar seus braços tentando subjugá-lo, mas em poucos segundos foi liberado. O segurança acabava de notar a bela mulher, em pé no parapeito do telhado.

Caio respirou fundo, tentando controlar melhor a respiração, e forçou as pernas trêmulas a se mexerem. Aproximou-se alguns passos. Percebeu Saphira voltar a cabeça aos poucos. Ao se encararem, um breve segundo de surpresa tomou o rosto da garota antes de um sorriso entristecido formar-se em seus lábios.

— Por que está aqui?

— Está tudo bem, Saphira. Por que não conversamos um pouco? Vamos... — Falou Caio, oferecendo-lhe a mão enquanto se aproximava um pouco mais.

Ela observou a mão do rapaz com saudosismo e virou o tronco completamente para ele.

— Desculpe... Não há nada mais a ser dito. Adeus...

Ela deu um único passo para trás, e seu corpo despencou. Caio correu desesperado e atirou-se, esticando-se ao máximo. Conseguiu agarrar a mão dela e firmou a outra mão no parapeito. Ficou agradecido pelo segurança ter se jogado também no chão, agarrando-se a sua cintura e pernas. Isso impediu que Caio fosse puxado pelo peso de Saphira e caísse do prédio com ela. O rapaz sentiu uma dor horrível no ombro, mas trincou os dentes e apertou com mais força os dedos da garota. Com o corpo suspenso, Saphira levantou o rosto e o encarou com olhos saltados.

— Por... quê...? — Balbuciou Saphira.

— Porque... isso não é o que você realmente quer...

Uma nova onda de dor fez Caio torcer o rosto quando tentou puxá-la.

— Pare... Nada de bom virá disso! Eu... não tenho nada de bom a oferecer... Me deixe acabar logo... — Implorou Saphira, franzindo a sobrancelha.

— Não! Você está sofrendo, se contorcendo e enrolando-se nessa teia de espinhos. Está lutando sozinha há tanto tempo, mas não é assim que quer acabar. Porque, se você realmente quisesse, não teria passado quase um mês falando comigo, não teria me mandado uma carta e não teria escolhido justo esse local! Por isso...

Ignorando o perigo, Caio usou a outra mão para agarrar o punho da garota e usou todas as forças para tentar puxá-la. Ouviu o segurança xingar e o sentiu agarrá-lo com maior firmeza. O rapaz podia sentir as forças deixando-o, mas no último esforço percebeu vozes assustadas, novas mãos agarrarem seu corpo e outras segurarem o braço de Saphira. Reconheceu o rosto da psicóloga do hospital ao lado do seu à direita e o de um colega enfermeiro à esquerda. Aos poucos, puxaram a garota para cima e todos se afastaram do parapeito.

Caio desabou sentado no chão com Saphira em seus braços, colada ao seu peito. Todo o corpo dele tremia. Sentiu-a mover-se timidamente e agarrar sua camisa.

— Por quê...? Isso... não deveria ser assim. Se eu continuar aqui... Se eu me deixar levar... Se eu ousar lhe contar... você só vai... — Desabafou Saphira, hesitante.

— Não decida tudo tão rápido! Não descarte todas as possibilidades de uma vez. Você ainda tem muito a fazer. Lugares para conhecer, pessoas que se importam, conversas a ter, livros a ler, séries, filmes, animais de estimação a ter, matérias diversas para estudar, um grande amor a viver, rosas a receber, encontros à luz de velas, saídas loucas com amigas e tantas outras coisas... Não quero saber o que os outros vão pensar! Só me diga o que você quer. O que você realmente quer?

As mãos de Saphira tremeram, e um soluço escapou de sua garganta. Ela levantou o rosto e o encarou com olhos lacrimejantes.

— Eu... eu quero viver. Mesmo que não seja certo. Quero viver! Eu quero ficar com você, mas... estou com medo! E se...

— Então vamos fazer isso. Não vou mentir e dizer que será fácil. Você precisa de ajuda, mas essa é uma luta que você não tem que enfrentar sozinha — falou Caio, direcionando a ela o sorriso mais gentil que conseguiu e deslizando os dedos com delicadeza por sua bochecha.

Ela esbugalhou os olhos e Caio pousou a mão em sua pele, sentindo os fios se entrelaçarem em seus dedos.

— Deixe-me ajudá-la. Farei com que experimente tudo o que o mundo possa oferecer de bom e quando chegar a hora, apenas quando realmente chegar a hora, vou lhe perguntar se tudo valeu a pena. Tenho certeza que será capaz de sentir que apesar de todas as lutas vale a pena apostar na vida.

Saphira torceu os lábios sem conseguir impedir as lágrimas de rolar, aproximou o rosto do dele, aliviada com o calor de sua pele, e afundou a face em seu peito, deixando o choro livre. Caio a acolheu aliviado e fitou a psicóloga, que massageava o peito ao lado. Esta retribuiu o olhar e fez um sinal com a cabeça, dando a certeza de que ele precisava. O rapaz tornou a mirar Saphira, acariciando seus cabelos. Ela teria a ajuda necessária, seguiria em frente e ele estaria ao seu lado. E a cada Ano-Novo ele lhe perguntaria: "E então? Esse ano valeu a pena?".

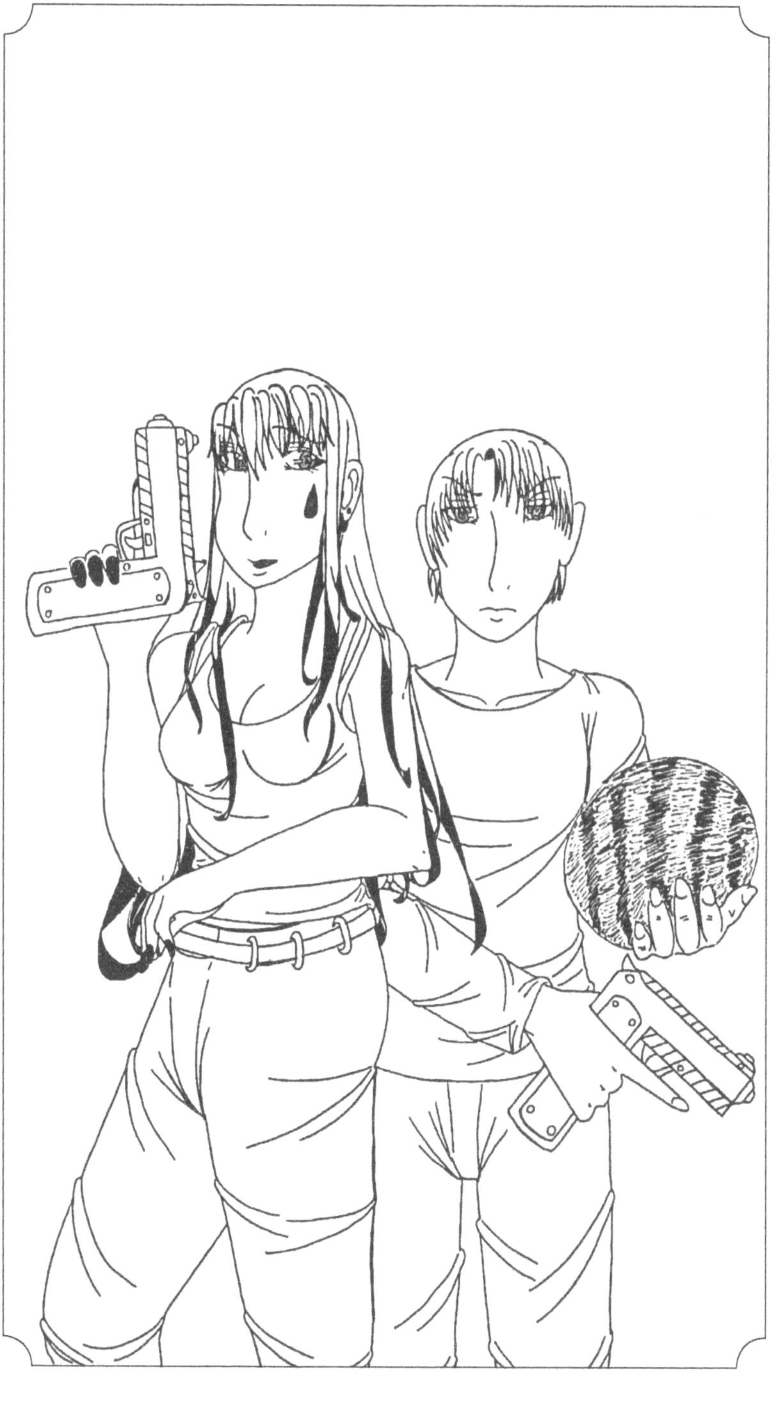

Um dia como qualquer outro

Sirenes ecoavam na avenida Epitácio Pessoa, e grupos de curiosos estavam formados com expressões de tensão e dúvida enquanto os celulares tremiam em seus dedos. Alguns colados à faixa amarela de advertência, esticando o pescoço com esforço. Todos tentando entender a comoção em frente a um popular supermercado. O sol da tarde queimava suas cabeças, mas não se importavam. Olhavam os carros de polícia estrategicamente posicionados na entrada e nas saídas do local, duas ambulâncias um pouco afastadas e pessoas apavoradas entre elas. Algumas se abraçavam, enquanto outras escondiam o choro com as mãos. A poucos passos da entrada principal, um dos policiais franzia o cenho, irritado, ao passar os acontecimentos pelo rádio da viatura.

Às onze horas daquele dia, o supermercado fora tomado por bandidos. Em meio a disparos, gritos e confusão, clientes e funcionários saíram em disparada em busca de socorro. Uma ligação à polícia havia sido feita poucos minutos antes por um dos funcionários. Quando as viaturas chegaram, infelizmente a situação estava entregue ao caos. Os meliantes tinham feito reféns e se trancado com todos no local. Do lado de fora, era possível ver pessoas amontoadas junto à vidraça da entrada principal, com os braços amarrados às costas enquanto cerca de três homens andavam frustrados de um lado a outro, segurando pistolas automáticas e metralhadoras. No momento, não era uma escolha invadir o local. Ainda não tinham conseguido informações o bastante. Souberam apenas que quatro era o provável número de agressores e que os reféns eram cerca de vinte, incluindo dois policiais. Esses tecnicamente deveriam estar aproveitando seu dia de folga.

Rosnando as últimas informações, o policial desligou o rádio e lançou um suspiro cansado. Conhecia bem os dois e seus méritos, cada vez maiores desde o dia em que se tornaram parceiros. Seria uma grande perda. Forçando as engrenagens de seu cérebro a pensar em uma solução o mais rápido possível, ele afastou-se para o meio dos colegas.

No interior do supermercado, murmúrios chorosos serpenteavam pelos corredores largos entre as estantes altas. Embalagens de comida espalhadas, garrafas estouradas e prateleiras quebradas reforçavam a atmosfera caótica. Adultos e crianças espremiam-se assustados, colocados estrategicamente nos pontos de possível entrada. Dez na porta principal, cinco em uma das saídas de emergência e os últimos cinco na saída dos fundos. Dois homens mal-encarados com armas pesadas xingavam alto e discutiam. Um terceiro estava mais à esquerda, inclinado sobre um quarto homem que forçava um pano imundo sobre o ombro ferido. Por fim, mais dois bandidos vigiavam os reféns encolhidos nas saídas.

Entre um casal de idosos e uma mãe agarrada à pequena filha, Amanda varria o ambiente com perspicazes olhos cor de mel. Era uma mulher alta, gozando dos seus trinta anos, com pele em tom de chocolate e cabelos castanhos longos repicados, com um divertido tom violácoa nas pontas. Procurava qualquer coisa que pudesse ser útil. Sentia as pernas formigando devido à posição desconfortável forçada pelas cordas que a prendiam e tinha os pulsos avermelhados pelas tentativas frustradas de se libertar. Repassava mentalmente seu tão esperado dia de folga.

Policial há cerca de dez anos, Amanda Medeiros morava em um simpático apartamento no bairro de Tambaú, na companhia de seus dois amados filhos, como ela mesma gostava de nomear: Bryan e Luke, dois belos cães sem raça definida. Pareciam ser uma mistura de pastor-alemão com pitbull. Trabalhava como policial civil e tinha mudado recentemente de unidade e ganhado um parceiro. No primeiro momento se perguntou se daria realmente certo, mas logo nos primeiros trabalhos ficou aliviada e mais confiante. Policial Simon Luky, trinta e cinco anos. Homem sério, calado e extremamente eficiente em seu trabalho. Tinha se mudado há mais ou menos quatro anos para a Paraíba e chegado à cidade de João Pessoa há menos de um ano. Aparentemente morava sozinho e, segundo boatos, era divorciado e não tinha filhos. Ela não tinha do que reclamar quando estavam em serviço, mas pessoalmente ficava intrigada com a formalidade com a qual ele continuava a tratá-la, mesmo depois de terem salvado um ao outro várias vezes. Além disso, não conseguia se lembrar de ter visto um único sorriso no rosto dele desde que o conhecera. Esse mesmo detalhe lhe passou pela cabeça naquela manhã, ao acordar e lembrar que não teria serviço.

Seguindo a mesma rotina diária, Amanda espreguiçou-se e saltou da cama. Vestiu um simples short de lycra e camiseta e partiu em sua corrida junto aos melhores companheiros caninos. Em uma hora, retornou ao apartamento e passou mais trinta minutos brincando de bola. Terminada a maratona, tomou seu banho demorado e aproveitou um bom café da manhã e uma leitura relaxante. Normalmente teria comido de modo acelerado e saído correndo para o trabalho. Esticando as costas, ela riu com essa consideração. Próximo das onze da manhã decidiu que faria algo diferente para o almoço. Eram raras as ocasiões em que se sentia tão tranquila. Usando uma calça jeans desgastada e uma blusa regata, Amanda partiu para o supermercado mais próximo. Levou na bolsa sua arma. O peso dela deixava-lhe um pouco mais segura. Tinha aprendido da pior maneira que não é muito indicado sair desarmada quando se é policial.

No supermercado, ela andava distraída pelas bancadas de frutas e verduras ponderando receitas quando um homem chamou sua atenção. Alguns centímetros mais baixo do que ela, músculos bem definidos, pele branca, cabelos negros lisos e olhos verdes afiados como navalha. Reconheceu na hora uma cicatriz na testa levemente escondida pelos fios da franja repartida e outra no queixo. Arregalou os olhos surpresa e apressou-se em segurar uma risada. Nunca esperaria encontrar seu parceiro em meio a um mercado analisando com tamanha seriedade um mamão. Era impressionante como até nessas horas ele mantinha a expressão fechada. Sorrindo com simpatia, Amanda aproximou-se.

— Que surpresa! Não esperava encontrá-lo justo em nosso dia de folga.

Deixando o mamão de lado, Simon levantou os olhos. Ao reconhecê-la, voltou todo o tronco para ela e abaixou discretamente a cabeça em um cumprimento respeitoso.

— Olá. Boa tarde, senhorita Amanda. Devo admitir que também não esperava encontrá-la aqui.

— Pois é... Então, já falei que não precisa continuar me chamando de senhorita... — balbuciou Amanda em meio a uma risada nervosa.

No começo até gostava de toda essa formalidade e a usava ao se dirigir a ele, mas achava que já haviam passado tempo suficiente juntos para se permitirem alguma intimidade. Principalmente depois que ele ganhou uma cicatriz na nuca ao protegê-la de uma garrafada quando precisaram prender um bêbado. Percebendo que ele a fitava em silêncio, ela lhe dirigiu um novo sorriso.

— Sempre faz compras aqui? Mora perto?

— Sim. A algumas quadras daqui.

Com um novo sinal de cabeça, ele voltou o corpo para as frutas e pegou outra para análise. Segurando nova risada, Amanda ofereceu-se para ajudar. Reprimiu uma exclamação quando ele inclinou a cabeça, fazendo-a pensar em como era fofo. Provavelmente era a altura que lhe dava essa impressão. Ignorou o devaneio e voltou-se para as frutas. Acabou ajudando-o a escolher bananas, morangos, uvas, entre outras frutas. Questionava-se o quanto ele deveria gostar delas quando o sentiu prender seu dedo indicador com o dele. Ela o encarou sobressaltada, mas os ombros enrijeceram com a tensão no rosto do parceiro. Com o movimento dos olhos, ele apontou para um rapaz a poucos metros que passava em frente à fileira de caixas. Assobiava despreocupado, com as mãos enfiadas nos bolsos do casaco. Parecia apenas um cliente, mas tinha algo estranho naquela cena. Um volume muito discreto na parte da frente da calça, olhares insistentes para a entrada e uma incômoda contagem muda.

Amanda puxou alguns fios para trás da orelha, voltou o rosto para a frente e colou o braço ao de Simon, estudando as possibilidades. Podiam pensar em uma provável tentativa de assalto, mas também poderia ser um alarme falso. Poderia ser apenas sua vigilância excessiva natural ao trabalho. Não seria a primeira vez. Há menos de um ano ela fez todos saírem de uma loja de doce apressados porque um garoto havia estourado uma bomba de São João bem no meio do recinto. Torcendo para ser algo semelhante, ela ajeitou a bolsa no ombro, certificando-se do peso de sua arma. Infelizmente, dois homens com camiseta folgada abaixo do quadril passaram trocando cotoveladas e frustrando suas esperanças. Nessas horas ficava em dúvida se gostava ou não de ser uma expert em leitura labial.

— Está quase na hora de começar a bagaceira...

Trocou outro olhar com o parceiro e fechou um acordo silencioso. Ele afastou-se, planejando verificar se havia outros suspeitos. Ela, por sua vez, tentaria retirar as pessoas da forma mais discreta e ordenada possível. Para isso, juntou alguns produtos, dirigiu-se a um dos caixas e, no momento em que o atendente passava os produtos, pediu para falar com o gerente. Ficou satisfeita por ele não demorar mais do que dois minutos.

— Peço que fique calmo e tente não expressar pânico com o que vou lhe informar...

Assim iniciou Amanda, sussurrando com a voz mais tranquila que conseguiu. Sem muitas delongas, ela informou ser policial civil e suspeitar de uma possível tentativa de assalto. Questionou sobre o dono do supermercado e orientou que solicitasse a algum dos funcionários que começasse a retirar os clientes com alguma desculpa de vazamento de gás ou algo parecido. Pediu também que um segundo funcionário ligasse para a polícia assim que estivesse fora do estabelecimento. Por fim, reforçou que mantivessem a calma para não gerar pânico. Isso poderia resultar numa situação desastrosa. Acatando as orientações, o gerente começou o trabalho. Dois funcionários se retiraram do local, com a desculpa de horário de almoço. Outros dois passaram pelos atendentes dos caixas levando as orientações o mais discretamente possível. Em poucos minutos, clientes começaram a sair ordenadamente do local e os caixas foram sendo fechados. Amanda esquadrinhava o local, procurando sinais de seu parceiro. Parecia que tudo terminaria em uma tentativa frustrada, mas algo ainda a incomodava. Aprendeu em todos os anos de trabalho a confiar em seu instinto, e ele dizia que algo estava muito errado. A confirmação veio quando ela visualizou o parceiro passando em disparada ao fundo do estabelecimento com a arma em mãos. Nesse momento, o caos teve início.

    Um disparo fez a gritaria começar. Descontrolados, os clientes que ainda restavam empurravam-se e corriam desnorteados para fora. O gerente e alguns funcionários tentaram intervir, mas foram derrubados ao chão. Amanda xingou e avaliou depressa o local. Identificou apenas um dos suspeitos próximo e rapidamente puxou a arma da bolsa. Atirou o acessório no chão e correu de encontro ao homem. Percebeu o movimento dele em direção às calças e, com um último impulso, o atingiu direto no estômago com um chute. Ele agarrou a barriga, tossindo com os olhos saltados, e encolheu-se. Aproveitando-se, Amanda atingiu-o na nuca com a base da arma. Ao menos o deixaria inconsciente. Assim que o rapaz desabou no chão, ela se apressou em inspecioná-lo e pegar a arma para si, enfiando-a na parte de trás da calça, com um olhar apreensivo para os arredores. Precisava saber o que diabos tinha acontecido com seu parceiro. Orientou o gerente a se retirar logo com todos e correu para os fundos. Mais tarde se lembraria disso como seu primeiro erro.

Usando as estantes para se proteger e com a audição aguçada, ela seguiu silenciosamente. Ouviu os passos atrapalhados do fugitivo e os passos firmes de Simon. Amanda sentia o coração batendo a mil em seu peito, mas mantinha a respiração regular e calma. Já estava chegando à saída de emergência quando um novo disparo encheu seus ouvidos. Segurando com maior firmeza a pistola, girou o corpo e avançou em direção ao som.

— Parado! — Bradou Amanda, apontando a arma.

Ficou alguns minutos em posição até compreender o cenário. Simon estava em pé, ao lado de um segundo suspeito que torcia o rosto em dor e pressionava o ombro ferido. O policial mantinha a arma apontada para ele e puxava com o pé uma metralhadora. Após chutá-la para longe, Simon fitou a parceira. Fez um aceno breve e ela sentiu os músculos relaxarem. Seu segundo erro. Tudo aconteceu muito rápido. Em um segundo momento, ele arregalou os olhos tenso, e um braço envolveu o pescoço de Amanda, apertando-a e cortando sua respiração. Ela contorceu-se surpresa, a arma caiu de suas mãos e saliva escorreu por seu queixo enquanto agarrava o braço do agressor. Simon franzia o cenho fortemente, tentando mirar de modo que não a atingisse. A visão já embaçava quando ela conseguiu pisar forte no pé do homem, libertando-se. Infelizmente, só conseguiu virar o corpo antes de levar um soco direto no rosto e cair ao chão. Sua última visão foi a de seu parceiro sendo rendido por um quarto agressor.

A cabeça latejava, e o queixo doía horrores quando ela despertou. Entre gemidos tentou mover os braços, mas era inútil. Ao longe, ouvia alguém chamar seu nome e vozes discutindo irritadas. Abriu os olhos aos poucos e sobressaltou-se ao notar-se presa. Junto a mais nove pessoas, estava empilhada na vidraça da entrada principal. À esquerda, próximo a um dos caixas, o bandido baleado gemia irritado e era amparado por um segundo.

Dois quase se agrediam ali perto. Amanda moveu o pescoço dolorido e suspirou aliviada ao identificar o parceiro à direita, separado dela por apenas um casal de idosos. Cerrou os dentes em sinal de ódio ao notar hematomas no rosto de Simon e um corte feio em sua testa. Ainda assim, a expressão dele continuava neutra.

— Desculpe... — Murmurou Amanda, sentindo-se envergonhada.

— A senhorita está bem?

Amanda afirmou timidamente e voltou a atenção para um soluço preso à sua esquerda. Uma menina de cerca de dez anos fungava, afundada no peito da mãe. Também tinha punhos e calcanhares presos por cordas, e seus olhos estavam vermelhos de tanto chorar.

— Estou com medo, mamãe... — Repetia a pobre criança.

Forçando um sorriso tranquilizador, Amanda inclinou o tronco em direção a ela.

— Não se preocupe. Não vou deixar que nada aconteça a você e sua mãe.

— Mas que piada... Não conseguiram nem pegar esses caras. São policiais, não? Grande bosta! Se tivessem ficado na de vocês, eles não teriam feito reféns — interrompeu uma voz masculina.

Amanda identificou o dono da voz como sendo o rapaz da ponta à esquerda. Virou-se pronta para dar uma resposta malcriada, mas a calma de Simon a freou. O policial fitava as cordas que prendiam seus pés sem dizer uma palavra. Provavelmente tentava bolar um plano mirabolante. Ele estava certo. Não tinham tempo para bate-bocas inúteis. Além disso, não era a primeira vez que escutavam comentários desse tipo. Precisava pensar em algo. Se ao menos pudesse achar algo afiado o bastante para cortar essas malditas cordas... Seu pensamento foi interrompido pela ameaça de um dos assaltantes.

— Tá olhando o quê, ô seu policial de bosta!? Vou meter é uma bala no meio da sua cabeça!

Amanda mirou preocupada o parceiro e torceu os lábios contrariada. Ele encarava o assaltante de forma desafiadora. O que estava querendo com aquilo? Antes que pudesse repreendê-lo, o assaltante foi até ele e fez novas ameaças. Agarrou-o pela gola e desferiu socos seguidos em seu rosto, fazendo cortes em seus lábios e sangue espirrar no chão. Os reféns exclamaram com pena e a criança chorou alto. Amanda agitou-se em vão enquanto gritava xingamentos e o mandava parar. Parecendo satisfeito, o agressor deixou o corpo de Simon deslizar para o chão e o chutou no meio do abdômen, fazendo-o encolher-se e tossir.

— Maldito... — Rosnou Amanda.

— Vai ver como estão as coisas lá atrás! — Ordenou o agressor ao companheiro, ignorando o olhar fulminante da policial.

O colega afastou-se com um queixume. Aos pés do assaltante, Simon torceu o corpo ferido.

— Não se mexa... — Pediu Amanda, temerosa.

Simon gemeu baixo, forçando a testa no chão, e insistiu. Contorceu-se, chamando a atenção do assaltante, e aos poucos colocou-se sentado. O agressor torceu os lábios em desgosto, e uma veia saltou em sua têmpora quando o policial cuspiu a mistura de saliva e sangue em seu sapato. Ensandecido, ele o agarrou novamente pela gola.

— Agora você vai morrer, desgraçado! — Ameaçou o assaltante, arrastando-o para o outro lado.

Amanda ficou em choque. Ele seria realmente morto dessa forma. Qual era o grande plano? O agressor atirou o corpo de Simon contra uma das estantes, e utensílios de porcelana espatifaram-se ao redor dele. Sem pena, chutou-o repetidas vezes no rosto, peito e abdômen até que o choro alto da criança e os chamados desesperados de Amanda pelo seu parceiro o irritaram ainda mais. Deixando Simon de lado, ele avançou contra os outros reféns. Aproximou-se criança e a puxou com violência dos braços da mãe.

— Deixe ela em paz! Se quer fazer algo contra mais alguém, então faça contra mim! — Amanda desesperou-se, inclinando-se tanto que caiu deitada.

Ela torceu-se violentamente, mas seu corpo só fazia girar debilmente e arrastar-se como uma minhoca por poucos centímetros. O assaltante atirou a criança ao chão a poucos passos e puxou a pistola. Os gritos de desespero e horror silenciaram no momento em que um carrinho de compras atingiu em cheio a lateral do bandido, fazendo-o afastar-se da criança aos tropeços. Amanda sabia muito bem quem tinha sido o responsável. Ficou extremamente agradecida e ao mesmo tempo teve vontade de esmurrar seu parceiro ao entender o que havia feito. Apesar de todos os machucados, ele arrastara o corpo até um carrinho de compras e o chutara com todas as forças. Ainda bem que sua mira era de invejar. Indesejavelmente, porém, tinha voltado a ser o alvo. Ela não podia permitir isso.

Forçando o corpo, Amanda arrastou-se. Conseguiu aproximar-se o bastante para interferir quando o assaltante estava a um passo de Simon. Percebeu o olhar de aviso que o parceiro direcionou a ela, mas estava cansada de não fazer nada. Girando, atingiu em cheio os calcanhares do bandido. Com um grito de surpresa, ele caiu direto no chão. Não demorou para recompor-se e levantar, cerrando os dentes irritado. Direcionou sua raiva a Amanda e a chutou. Pela primeira vez, Simon bradou:

— Deixe ela em paz!

Ela não teve tempo de se surpreender. Levou outro golpe na boca do estômago e sentiu vontade de vomitar. Rindo, o agressor analisou melhor o corpo da mulher.

—Ai, ai... Que desperdício! Acho que podemos aproveitar melhor, não?

—Não ouse... — rosnou Simon em uma ameaça.

Acertando um terceiro chute bem no meio de suas costelas, o assaltante girou o corpo de Amanda. Sentou-se sobre seu quadril e puxou a blusa dela para cima, revelando um sutiã de renda avermelhado. Alargou o sorriso indecente e agarrou com força seus seios, machucando-a. Enojada, ela virou o rosto e engoliu o choro com vergonha. Não podia acreditar que seria estuprada, e logo numa situação como essa. Percebeu seu parceiro se mexendo em agonia e sua expressão de ódio. Era a primeira vez que ele perdia a compostura dessa forma.

Assim que a respiração do agressor roçou a pele de Amanda, o jogo virou. Simon torou as cordas, revelando um pedaço afiado de porcelana. O assaltante endireitou o tronco e colocou-se de pé, espantado. Tentou puxar a arma, mas era tarde. Simon tinha livrado as pernas e avançado contra ele. Com uma das mãos agarrou a arma do oponente e com a outra afundou a porcelana em seu braço, ferindo-o. Em seguida, atingiu-o no rosto com a ponta da arma, derrubando-o no chão, inconsciente. Virou o corpo no momento exato em que o outro assaltante, até aquele momento ocupado em manter o companheiro ferido acordado, mirava nele. O policial atirou, atingindo-o também no ombro, e se apressou em afastar a arma das mãos dele.

Os reféns murmuraram impressionados entre si, e Amanda girou o corpo dolorido. Murmurou um agradecimento rouco e forçou um sorriso quando seu parceiro voltou para o seu lado e a livrou das cordas. Com poucas palavras, ele a orientou a soltar os reféns e afastou-se. Sumiu entre as estantes para o fundo, sem dar muita atenção às repreensões da companheira. Esta grunhiu irritada e agarrou uma lâmina de porcelana. Liberou os reféns, ordenando-os a sair com discrição e pedir ajuda. Quando se viu sozinha, enfiou a lâmina de porcelana na calça, pegou uma pistola esquecida no chão e saiu apressada atrás do parceiro, tendo o cuidado de proteger o corpo. No meio do caminho, encontrou dois dos bandidos dividindo uma cerveja e fazendo piadas sobre o último disparo.

Foi esperta. Escondeu-se, atirou longe uma garrafa e, apenas quando eles viraram o corpo sobressaltados, aproximou-se por trás. Atingiu o primeiro na nuca, deixando-o desacordado. Chutou a barriga do segundo e lançou-o ao chão por sobre o ombro. Agora só restava um. Concentrou-se; e seu sangue gelou. Um baque e outro disparo à direita a fizeram correr. Entrou à esquerda duas estantes à frente e encontrou o parceiro caído ao chão abraçado a uma pessoa. Em um segundo sua mente deduziu o ocorrido. Ele havia se jogado sobre aquele refém no momento exato em que o último assaltante disparou a bala e conseguiu por um triz evitar um tiro direto na cabeça. Borbulhando, Amanda ordenou que o bandido largasse a arma e suspirou aliviada ao notar dois colegas policiais aproximando-se por trás. Renderam o agressor sem muita dificuldade.

Finalmente as coisas estavam controladas. O restante dos reféns estava sendo liberado, e os bandidos eram levados pelos policiais. Amanda tinha trocado algumas palavras com os colegas enquanto observava Simon levantar-se devagar e ajudar a simpática idosa que ele acabava de salvar. Quando a idosa seguiu para fora com os outros, Simon cuspiu um excesso de sangue no piso e passou as costas das mãos na testa ferida. Ele fitou a parceira e, notando seu mau humor, aproximou-se no momento em que os colegas saíram.

— A senhorita vai precisar de cuidados.

— Tá brincando, não!? Por acaso olhou para seu próprio estado?

— São apenas alguns arranhões.

— Como é? Você é louco, sabia? Planejou isso desde o começo, não foi? Ser jogado no meio daqueles utensílios e pegar um caco para se livrar das cordas. Por acaso pensou no que iria fazer se não tivesse sido jogado ali ou se nada tivesse se espatifado? — Continuou Amanda, movendo exasperada os braços para o alto.

— Achei que valia a pena arriscar.

Amanda bufou ainda mais frustrada e cruzou os braços. Estava farta dessas loucuras dele, de sua formalidade toda e de sua lentidão.

— Quer saber? Você que pediu por isso... — Balbuciou Amanda, descruzando os braços.

Ruborizando, ela agarrou a gola da blusa dele e o puxou de uma vez, fazendo-o ficar na ponta dos pés. Colou seus lábios nos dele por alguns segundos. Ao se afastar, lançou mais um olhar de reprovação.

— Você pode não ter esposa ou filhos, mas tem muitos amigos e uma ótima parceira. Então ao menos cuide um pouco melhor da sua própria segurança, ora essa... E pare com tanta formalidade! Deu para entender!?

Ela o soltou e agarrou uma mecha do próprio cabelo, sentindo o corpo queimar. Não recebeu nenhuma resposta por alguns minutos até que ele a surpreendeu, tomando sua mão e acariciando sua bochecha.

— Entendo... Então não preciso mais me segurar — murmurou Simon, aproximando seus lábios.

Prendeu-a em um segundo beijo, dessa vez mais intenso. Ao final, envolveu sua cintura, aconchegou a cabeça em seu peito e a espantou ao mostrar um sorriso cansado.

— Você realmente precisará de muitos cuidados... — Destacou Amanda, passando os braços pelo pescoço dele e descansando a bochecha em sua cabeça.

— Talvez. Nada muito diferente... Apenas mais um dia como qualquer outro.

Amanda riu em resposta e o apertou, fazendo-o gemer baixo. Estava aliviada. Tinham sobrevivido a mais um dia.

O que faria se a insanidade batesse à sua porta...?

A insanidade que me cerca

Sete horas da manhã de uma segunda-feira. Toca o alarme que mais parece uma sirene de ambulância. Programado de propósito porque me faz saltar de uma vez da cama. E apesar de ficar alguns segundos de mau humor por lembrar que é apenas o despertador, ainda assim isso é bem eficiente. Esticar os braços e a coluna, lavar o rosto, fazer um rápido café da manhã, comer e então escovar os dentes. Assim começa a rotina de todo dia. Às sete e meia da manhã já estou debaixo do chuveiro, para em seguida vestir-me, passar uma maquiagem discreta e verificar a agenda de pacientes. Sim, sou médica. Mais especificamente, psiquiatra especializada nos pacientes que a maior parte da sociedade reza para nunca conhecer. Termino de colócar um discreto batom rosado nos lábios e analiso meu reflexo no espelho. Nada mau para uma mulher já na casa dos quarenta. Pele muito branca, cabelos alaranjados longos e olhos de um mel até interessante. Doutora Cicília Luna. Não muito eficaz em impor respeito.

Após os últimos retoques, pego meu tablet e algumas pastas e sigo para o carro. Paro um segundo em frente à porta para um breve contemplar das árvores de maple em meu quintal. O doce maple que me encantou assim que cheguei aqui. Vancouver, Canadá. Após seis anos de medicina na Universidade Federal de São Paulo, três de residência na Universidade Estadual de Campinas, dois de mestrado e dois de doutorado na bela cidade de Vancouver, encontrei certa estabilidade. Agora já estou instalada nesta casa de paredes negras e portas avermelhadas de uma admirável arquitetura vitoriana no inspirável bairro de Kitsilano. Deixo de lado essas lembranças e continuo meu caminho. Acomodo-me no carro e sigo por curiosas casas, passando pela praia e pelo extenso Vanier Park. Em vinte minutos me encontro no meu adorado local de trabalho.

Manicômio Judiciário Judith ou, se preferirem, Criminal Insane Asylum Judith. Um prédio comprido de cinco andares e arquitetura gótica com paredes de pedra, janelas compridas e pesadas portas de madeira. De segunda a sexta, acompanho a evolução de mais de vinte pacientes pelos quais sou responsável. Além disso, uma vez na semana faço as perícias para avaliar as condições mentais de criminosos e possíveis pacientes. Esse é meu dia a dia. Em meio aos criminosos mais cruéis e insanos, muitas vezes chamados de monstros e até demônios. Ardilosos, espertos, desumanos ou apenas loucos e descontrolados. Um lugar no qual você pensaria duas vezes antes de querer colocar um pé, porém, estranhamente incapaz de me trazer tal temor.

Checo o horário e percebo que ainda tenho trinta minutos antes de receber meu primeiro paciente. Passo pelas árvores de folhas cor de vinho e plantas rasteiras. Sigo para o interior do prédio, passo por enfermeiras e funcionários amontoados na recepção. Estão em fervor pelo novato. Escuto seus sussurros de terror.

— Vocês ouviram? Vamos receber um rapaz hoje.
— Espero que não seja muito perigoso...
— Por acaso esqueceu onde estamos? Tem como ser mais perigoso do que já temos aqui?

Uma das mais novas se encolheu. Tive que esconder o riso devido ao comentário ilógico. O que seria pouco perigoso? Assassinos, estupradores, psicopatas? Apenas uma parcela do show de horrores. Subo a escada espiralada, passo pela ala dos adultos rapidamente sem prestar muita atenção à agitação que se forma ali, chego ao quarto andar e por fim em minha sala. Um ambiente completamente branco, estante larga de metal parafusada ao chão, mesa comprida, pastas envelhecidas e um móvel antigo com uma única gaveta. Separo o necessário e espero. Daqui a dez minutos devo receber o novato.

Yohan Samuel, vinte e sete anos, branco, natural de Vancouver, sexo masculino, solteiro. Leio na ficha que me foi enviada na noite passada. Passo os olhos pelas acusações. Preso em flagrante por homicídio qualificado de Saimon Samuel, Janette Samuel, Eric Samuel e Lirith Samuel. "Seus familiares...", penso quando meus ouvidos captam batidas tímidas na porta. Respondo monossilábica, e uma enfermeira de baixa estatura coloca a cabeça para dentro da sala.

— Doutora, ele já chegou. O guarda está esperando para trazê-lo.
— Tudo bem. Pode mandar vir.

A pobre "gata" assustada saiu apressada após um pedido de licença. Joguei os papéis sobre a mesa comprida, prendi os cabelos em um coque prático e cruzei as pernas me colocando em minha posição mais profissional possível. Sentia-me de certa forma ansiosa. Já fazia alguns meses que não tínhamos novos pacientes. E, de todas as perícias até agora, apenas dois de fato tinham razões para serem mantidos ali. A maioria deles eram apenas idiotas que tentavam se passar por loucos ou incapazes. Porém, desde que recebi esse caso, tenho a sensação de que algo inesperado está por vir. Não me desaponto. Assim que a porta se abre novamente, vejo Yohan entrar acompanhado de um policial desconhecido. Ou talvez conhecido. Não me dei ao trabalho de prestar muita atenção. Estava mais interessada naquele indivíduo visivelmente perturbado.

Pele branca, lábios vermelhos devido ao sangue que escorria de um corte milimétrico, cabelos bagunçados cor de carvão, mãos trêmulas envoltas em algemas, corpo magro, claramente desnutrido, ombros rígidos, tronco curvado, testa franzida como se estivesse em intensa dor, olhos azul-safira saltados que passeavam por toda a sala sem fixar nada por mais de dois segundos, baixa estatura... Talvez um metro e sessenta. Um pouco mais baixo do que eu. Sentou-se forçadamente na cadeira em frente à minha, e o policial se pôs ao seu lado, pronto para quebrá-lo ao meio, se fosse necessário.

Eu deveria começar. Apresentei-me sem mais delongas e expliquei resumidamente sobre o local. Era bem óbvio que ele não estava prestando atenção em nada. Virava sempre a cabeça e sussurrava algo por cima do ombro. Ou então arregalava ainda mais os olhos e movia as mãos como se tentando espantar um inseto. Nada muito diferente do que eu já tinha visto. Provavelmente alucinações. Mesmo assim, havia algo estranho naquele garoto. Ou então o problema estava comigo. Tentei chamar sua atenção para mim e consegui por breves segundos, nos quais ele me lançou um olhar curioso, desafiador e cheio de desconfiança. Perguntei seu nome.

— Meu nome? É... Yo... Espera... E por que eu deveria dizer? Por que você quer saber? Eu é que pergunto quem é você! Eu sei... EU SEI!

Mudava completamente o tom e a altura da própria voz enquanto falava. Não parava a cabeça nem prendia os olhos em nada. Sussurrava e espemeava para um lado e depois para o outro. Tentei perguntar outras coisas menos pessoais, como o local, dia do mês, dia da semana. Tudo inútil. Ele só ficava mais agitado, até que se levantou abrupto e ajoelhou-se na minha frente. Pareceu tentar se agarrar às minhas pernas, mas o policial o segurou pelo pescoço sem demora. Estava decidido: ele ficaria definitivamente sob meus cuidados a partir de agora. Mandei retirá-lo para o que seria seu quarto permanente. Por ora, seria contido fisicamente e começaria de imediato a tomar antipsicóticos. Veríamos no que isso resultaria.

Voltei a vê-lo após quatro semanas, em nossa segunda consulta. Estava de alguma forma mais calmo. A ferida no lábio tinha sido tratada e usava roupas completamente brancas, como era de praxe ali. Já tinha melhorado da desnutrição, ganhado algum peso. Mesmo assim pude perceber que ele era magro por natureza, mas esbelto de certa maneira. Demonstrava menos tensão, mas continuava olhando para todas as direções. Pelo menos consegui iniciar uma conversa, e dessa vez foi relativamente fácil arrancar dele informações básicas como nome, idade e local onde nasceu. Decidi dar o próximo passo.

— Yohan, gostaria de saber um pouco mais sobre você. Gostaria que compartilhasse um pouco comigo como era sua vida antes de vir para cá.

— Minha vida...?

— Isso. Por exemplo, como foi sua infância? Era boa? Divertida?

Segundo o relato do jovem, nasceu em Vancouver de parto normal, sem que houvesse intercorrências. Em suas próprias palavras: ao menos foi o que aquela mulher me passou, mas eu sabia que ela era apenas mais uma mentirosa. Não dava para confiar. Filho do meio entre três. Um rapaz quatro anos mais velho e uma garota dois anos mais nova. Sempre foi uma criança quieta, que não chorava muito e era pouco interativa. Na infância não mudou muito. Preferia permanecer em casa sem companhias. Na verdade, não precisava de nenhuma. Na escola não se destacava e preferia permanecer assim. Amizades não lhe interessavam. Sabia que todos eram falsos e torciam sempre para que ele falhasse. Eram apenas um bando de hipócritas. Só ficavam perto dele porque seu irmão era alto e forte. Podia bater e assustar os valentões. A família, de classe média, morava em uma casa em North Vancouver. A mesma onde o crime foi cometido.

Durante todo o relato, falou devagar e com breves pausas. Algumas vezes parecia querer confirmar o que dizia. Olhava para o canto da sala e lançava um sorriso frouxo, como se recebesse permissão para algo. Parecia uma criança obediente ou, deveria dizer, assustada. Era difícil definir. Cheguei ao ponto principal.

— E as vozes? Quando começou a ouvi-las?

Ele me lançou um olhar desconfiado, interrogando silenciosamente sobre o porquê da pergunta. Esperei. Não demorou para ele se curvar e voltar a falar em tom baixo:

— Começaram quando tinha dezesseis anos. Eram poucas e ajudavam a me distrair quando estava sozinho. Duraram dois anos até que finalmente ele apareceu. Ele está ali... bem no canto... observando. Você consegue vê-lo também, certo? Ele não gosta muito de desconhecidos. Fica tímido.

— E sobre o que conversam?

— Várias coisas... Ele gosta de séries, esportes, filmes... Ah, mas não gosta de pessoas. Elas são falsas. Ele sabe. Foi ele que me contou tudo. Como estavam mentindo para mim e as coisas ruins que falavam.

— Entendo...

O tempo estava acabando. Forçada pelo infeliz passar dos minutos, encerrei a consulta. A próxima seria dali a duas semanas. Despedi-me do pequeno com um aperto rápido de mãos. Escolha pouco sábia. Seus dedos eram finos e a pele gélida. Por um segundo senti o frio em minha espinha ao notar o torcer de seus lábios. Aquilo foi um sorriso? Não tive tempo de analisar melhor. Quando me dei conta já estava novamente só. Precisava atender os próximos agendados.

Em duas semanas, seguiu-se a terceira consulta. Um segundo Yohan passou por aquela porta. Mais seguro, tronco ereto, ombros para trás, queixo erguido e sorriso travesso. Pude perceber melhor seus traços graciosos e o cabelo longo passando dos ombros. Junto ao corpo magro e baixo, esses detalhes o deixavam com a aparência de indefeso. Isso me incomodou durante toda a consulta. Sentia pontadas no estômago a cada palavra proferida. Tudo seria esclarecido agora.

— Hoje, gostaria de conversar um pouco sobre suas acusações. Você lembra do que fez?

— Seria um ultraje se não lembrasse. Tenho guardado bem o ocorrido.

— E poderia me dizer o que exatamente se passou?

— Se necessário.

— Prossiga, então.

— Foi no dia vinte e seis de março de dois mil e dezesseis... Já tinha tudo planejado. Acabaria de vez com toda aquela mentira. Família feliz com filhos obedientes. Apenas fachada. Era somente uma prisão de cobranças e comparações. Um casal descuidado que colocara ao bel-prazer criaturas nesse lugar infernal. Acabaria com tudo. Era meia-noite quando recebi o aviso. Estava na hora. Todos dormiam em seus respectivos quartos. Apenas um estava fora. Seria o último. Não tinha importância. Peguei a faca de cozinha antes separada e me movi. Primeiro, minha doce irmã. Garota esperta, educada e bela. Entrei a passos finos em seu quarto, ajoelhei-me sobre seu quadril sem deixar qualquer peso sobre ela e aguardei. Sua respiração leve e regular enchia meus ouvidos. Assim como as ordens dele. Não havia tempo a perder. Levantei a lâmina em minhas mãos e seus olhos se abriram. Um único reluzir de pavor, o início de um grito, o zunir da lâmina e o sangue fresco em meu rosto. Vinte facadas direto no peito e no pescoço silenciaram seus lábios e removeram o brilho de seus olhos. Não havia mais o que fazer ali.

"O próximo passo estava no quarto de casal a poucos metros, mas não seria bom atacá-los juntos. Ele me ensinou. Deveria esperar um pouco até que meu pai levantasse, como toda noite fazia, para ir ao banheiro. Então acabaria com ele ali, para depois terminar com a pobre indefesa. Me contentei em manter vigia no banheiro do casal. Por sorte, em menos de cinco minutos seus passos arrastados encheram o aposento. Eu o vi entrar, fechar a porta e se colocar em frente ao sanitário com os olhos ainda semicerrados. Tive a decência de esperar ele terminar seu serviço. Não queríamos nos sujar com urina. Quando percebeu minha presença já era muito tarde. Uma única facada direto no pescoço, e sangue jorrou sujando a parede. Ele esperneou em vão e desabou enquanto sua alma se desprendia com graça. A segunda mulher não foi difícil. Ela estava em sono tão profundo que não despertou nem quando me sentei ao seu lado e aproximei a faca. Corte preciso e único, seguindo de lateral a lateral do baixo-ventre.

Foi então que ela despertou, sentindo o sangue escorrer entre as pernas. Não dei tempo para que gritasse, pois não queria ter dores de cabeça. Vinte facadas no abdômen e estava tudo acabado."

"Passo final: meu irmão. Em dez minutos chegou em casa. Mal sabia que já o esperava na porta. Deixei que entrasse e visse meu trabalho. Ficou tão desesperado e atônito que começou a me irritar. Tantos gritos e choro. Tudo falso, como todos ali. Dane-se, queria apenas que se calassem todos. Foi o que fiz com um corte de orelha a orelha. Agora só restava o silêncio, e estava na hora de ir. Porém, por algum motivo meu companheiro se recusava a ir. Perguntei a razão, e ele apenas me respondeu que algo bom estava por vir. Algo muito melhor do que tudo que tinha visto nesses anos."

Seu relato acabou ali, e eu me encontrava com o coração aos saltos. Tinha sido impossível definir as emoções em sua voz ou sequer reconhecer se houve alguma. Pitadas de remorso, loucura, prazer, pena, angústia e êxtase. Tudo misturado em uma única voz, meiga e fina. Seriam reais ou fingimento? Esse companheiro seria mesmo mera alucinação? Com a cabeça borbulhando de ideias, não percebi sua aproximação. Quando me dei conta ele já estava ajoelhado a meus pés, mãos pousadas em minhas coxas e rosto muito próximo. Meu segundo erro: deixá-lo chegar tão perto. O policial que o acompanhava tinha ficado do lado de fora, colado à porta a meu pedido. Meus ombros ficaram tensos e meu tronco se inclinou para trás instintivamente, mas o rapaz sorriu.

— E ele estava certo. Não podia esperar nada melhor. Assim como a bela senhorita...

Seu olhar foi astuto, e num segundo eu soube que ele tinha percebido. Poderia ter acionado o segurança antes mesmo de ele ter começado a falar, mas eu estava me afogando. Podia ver a loucura me cercando. Então, como um choque, senti seus lábios gelados nos meus. Minha mente ficou em branco e meu corpo petrificado. Percebi ele se afastar e inclinar a cabeça, satisfeito com o resultado. Retornou à sua cadeira e aguardou respeitosamente. No modo automático, finalizei a consulta e solicitei ao segurança que entrasse para levá-lo. Estava acabado o dia e de alguma maneira eu tinha de voltar para casa.

Permaneci por cerca de meia hora tentando organizar meus pensamentos até que meu corpo se moveu de forma mais natural. Reuni minhas coisas e me retirei do local. Ao chegar em casa preferi afundar na banheira entre sais de banho e bolhas. Mesmo assim, não conseguia afastar a sensação da boca daquele rapaz. Sabia que isso aconteceria desde o dia em que pus meus olhos nele. Não precisávamos de palavras. Ficou certo naquele momento que éramos o que cada um procurava. Chamem-me de insana. Afinal, quem melhor para entender a mente de um do que aquele que convive intimamente com a insanidade? Sempre procurando algo que pudesse me fazer sentir o borbulhar da adrenalina passando por todas as minhas células. Uma pena que teria de acabar. Não traria qualquer benefício em longo prazo.

Nessa mesma noite, entrei em contato com o diretor do manicômio e solicitei a troca do psiquiatra responsável por Yohan. A próxima semana seria a consulta final apenas para comunicá-lo pessoalmente da decisão. Sabia bem que ele não ficaria surpreso. Como disse antes, não era preciso haver muitas palavras entre nós. E, como imaginado, foi o que ocorreu. Numa terça-feira chuvosa, ele foi o último que atendi. Expliquei sem espaços a decisão tomada e o motivo. Certifiquei-me de enfatizar pontos positivos do novo responsável por seu tratamento e as vantagens que ele poderia obter dessa mudança. Como esperado, ele não demonstrou surpresa, mas estranhamente não deixou transparecer nada. Nenhum tipo de negação, insatisfação ou reclamações. Apenas assentiu vagamente e ofereceu um aperto amigável de mãos quando nos despedimos. Essa seria a única coisa que nos manteria ligados de alguma forma. As sensações. Ou pelo menos era o que eu imaginava. Não fazia ideia do próximo acontecimento.

Nas semanas seguintes, voltei à minha rotina com pacientes medíocres e perícias de "espertinhos" tentando tirar proveito do que podiam. Ouvia rumores de que Yohan estava sendo cooperativo com o seu novo responsável e até agradava aos funcionários. Era afável como um filhote. Soube também do particular interesse de uma das enfermeiras por ele. Justamente a que havia inutilmente torcido para que ele não fosse tão perigoso. Pobre coitada. Mal sabia que ele era justamente um dos piores, com toda aquela sua aparência de criança. As pessoas realmente só veem o que está diante dos seus olhos. Esquecem as nuances que nos formam.

Felizmente, ou talvez por uma infelicidade, o dia chegou. Era sexta à noite quando voltava para minha casa após uma boa refeição acompanhada de vinho num restaurante próximo. Tinha aproveitado para estrear um vestido preto de pura seda e agora tentava me equilibrar nos saltos finos sobre a soleira da porta. Entrei com passos desajeitados e puxei os sapatos, soltando-os de qualquer jeito no chão. Às minhas costas, ouvi a porta se fechar. Com uma estranha felicidade crescente, me virei para encarar quem eu esperava.

— Decidiu fazer uma visita?

Yohan sorriu cheio de graça e enfiou as mãos nos bolsos da calça, encolhendo os ombros. Estava com as mesmas feições que eu tinha gravadas em minha mente, mas agora usava uma calça jeans desbotada, camisa de botões e um par de coturnos negros. Seus cabelos estavam penteados e jogados elegantemente para a esquerda. Conseguiu me tirar o fôlego, mas não ousei deixar transparecer. Suspirei fingindo aborrecimento e apontei o escritório. Era a melhor opção naquela hora, já que guardava algumas medicações comigo lá. Algo poderia ser útil. Com um breve agradecimento ele se dirigiu para lá, elogiando a casa e exclamando. Sentou-se em uma poltrona de couro bege e fixou os olhos em mim. Já estava próxima à escrivaninha, usando a borda para apoiar os quadris.

— Então, o que o traz aqui?
— Vim me despedir.
— Você sabe que não pode simplesmente ir embora. Como conseguiu sair? Foi a Janine?
— Então a bela senhorita também ouviu os rumores. Mas espero que não tenha acreditado em tudo que ouviu.
— De que ela cedeu aos seus encantos?
— Não tire conclusões precipitadas, minha dama. Não ousei dar a ela os mesmos privilégios que dei a você.

Yohan levantou-se e andou até mim graciosamente. Deixei que encostasse seu corpo ao meu, prendendo minha cintura com um dos braços. Sussurrou alguns elogios e colou nossos lábios. Dessa vez em um beijo mais intenso. Não tentei resistir. Quando o notei absorto naquele beijo, deslizei minhas mãos para uma gaveta estreita do móvel. Eram necessários apenas alguns centímetros de abertura para colocar meus dedos e pescar uma seringa tão fina que pude facilmente esconder na palma da minha mão. Retribuí com maior fervor o mover de sua língua e afundei uma das mãos em seus cabelos. Estava tudo pronto. Aproximei a outra de seu pescoço e com um único movimento tentei acertar-lhe a jugular, mas foi em vão. Ele agarrou meu pulso com força, machucando-o. Afastou sua boca e riu com excitação.

— Isso foi bem perigoso, não? O que tem aqui, dama? Algum anestésico forte o bastante para derrubar um cavalo? É realmente uma pena. Adoraria poder levar a dama comigo, mas ainda não é hora.

— Por que todo esse interesse?

— A senhorita sabe bem o motivo. Mas já me estendi muito. Está na hora.

Sem nenhuma hesitação, ele acertou a agulha em meu pescoço injetando o líquido transparente. Meus olhos saltaram com sua precisão, e meu corpo desfaleceu nos braços daquele homem. Senti ele se abaixar e me depositar no chão com certa delicadeza. Passou os dedos em minha bochecha e virou o rosto para a entrada do escritório. Falava com seu "companheiro". E esse foi seu erro. Aproveitei para puxar uma seringa nova escondida na lateral da minha roupa íntima, e acertá-lo direto na lateral da perna. Ele ainda conseguiu virar a cabeça para mim com uma expressão de descrença e admiração antes de cair no chão. Podia sentir as células de todo o meu corpo borbulhando e gritando de excitação. Finalmente tinha aparecido um novo entretenimento. Estava cansada dos joguinhos repetitivos daqueles psicóticos. Já fazia meses que nenhum deles era criativo. Mas, agora, tinha algo novo. Levantei-me devagar, aproveitando cada momento. Empurrei Yohan com o pé, deixando-o de barriga para cima, e peguei o telefone na escrivaninha. Enquanto digitava o número do manicômio, sentei-me provocante sobre o quadril dele. Sua expressão me causou novos arrepios. Ele estava tão excitado quanto eu. Com um único sorriso meu, ele compreendeu. Estava certo sobre mim. Eu sabia o porquê desse seu fascínio por mim. Porque éramos iguais. Vivendo em um mundo chato e cheio de regras que não faziam qualquer lógica. Sempre procurando algo mais, por essa sensação de controle. Atormentados por nossos próprios desejos insanos. E agora estávamos ali, tendo em mãos o que sempre procuramos. Eu não deixaria escapar tão fácil. Ele ainda teria que me entreter por um bom tempo.

Eu sabia! Ele estava certo como sempre.

— Poderia, por gentileza, apenas me esclarecer como ainda se move?

— Ah, aquilo era apenas soro fisiológico. Mas este aqui não...

Aproximei o êmbolo da seringa aos lábios e colei o telefone ao ouvido.

— Então... devemos continuar os jogos?

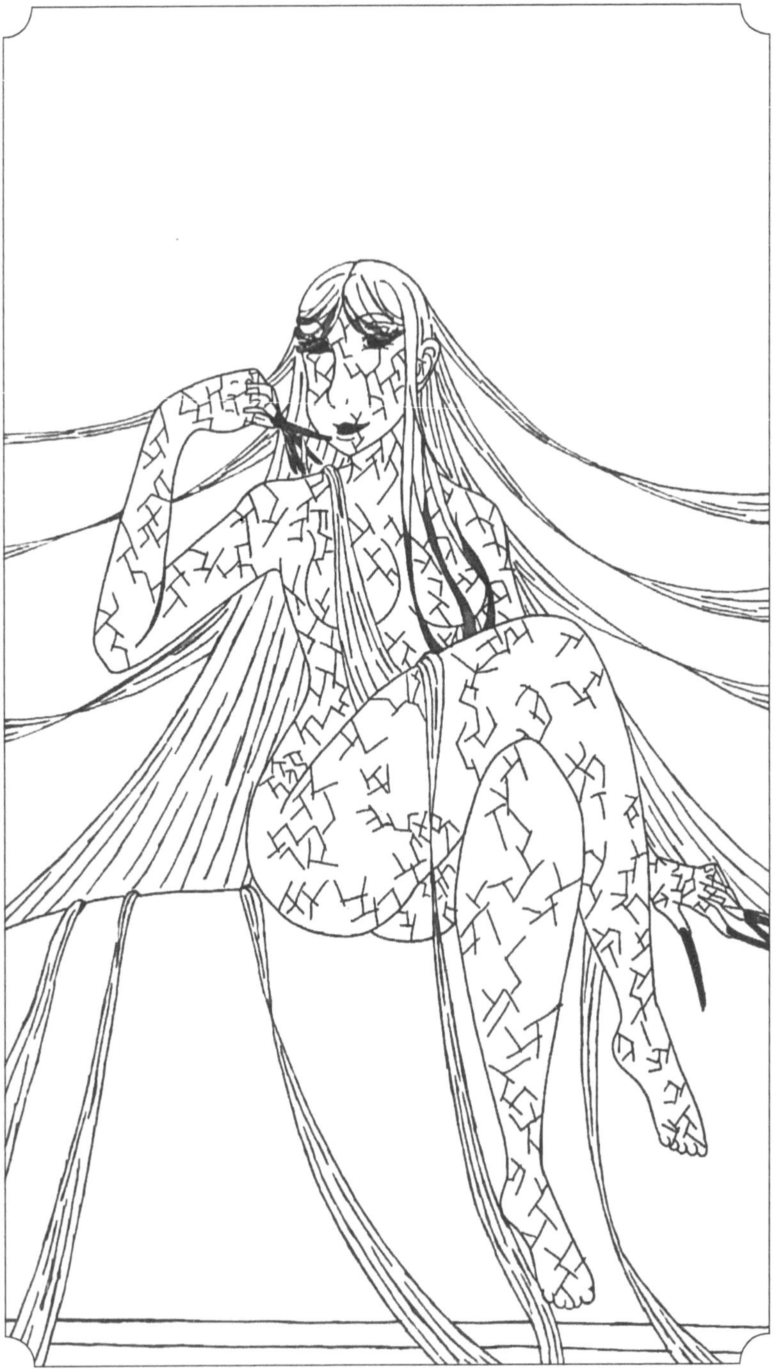

O banquete

O céu estava nublado e sem estrelas para iluminá-lo. Mesmo assim, as ruas piscavam com a mistura de enfeites natalinos exagerados. Pinheiros altos, trenós cintilantes, bonecos de neve, renas e o bondoso Papai Noel ocupavam prédios e telhados das casas, deixando-os exageradamente coloridos. Faltava menos de uma semana para a noite de Natal, e Lanna ainda não tinha ideia do que iria fazer e muito menos conseguia sentir o tal espírito natalino dentro de si.

Bebericava sua caipirinha rodeada por colegas da universidade em uma das mesas do Samurai, um restaurante japonês conhecido pelo karaokê localizado no bairro da Liberdade. Já conhecia quase todos espalhados por aquela rua devido à insistência dos colegas que teimavam em querer testar um karaokê diferente todo mês. Como todas as vezes, ela permanecia sentada, observando os outros se embebedarem e cantarem até perderem a voz ou caírem do palco. Tentava elencar as possibilidades para o dia de Natal ao fingir prestar atenção na conversa. De fato, só tinha se concentrado no início do papo quando percebeu que iriam começar uma estranha sessão de histórias macabras. Em meio a pequenos enfeites em forma de presente, bolas e bengalas de doces, não parecia fazer muito sentido. Por isso mesmo mudou o foco dos pensamentos enquanto enrolava mechas de seu longo cabelo alaranjado.

Lanna morava sozinha em um pequeno apartamento naquele mesmo bairro, desde que iniciou o curso de psicologia há dois anos. Não teve muitos problemas para convencer os pais. Nunca foi exatamente próxima a eles, e isso piorou depois que se mudou. Estava ponderando se aceitariam o convite deles para jantar no dia 24 quando uma das garotas agarrou seu braço e o puxou, quase fazendo-a derrubar a bebida na própria saia. Pelo visto, tinham encerrado a sessão de horror.

— Ei, Lanna! Está me escutando!?

— Claro, claro. Desculpa. Só me distraí um pouco — respondeu com um sorriso encabulado.

Sua colega torceu os lábios arroxeados pelo batom exagerado, chateada. Tinha os cabelos curtos repicados e castanhos. Apesar de serem da mesma sala, Lanna não recordava seu nome. Era péssima em decorar nomes. Sentiu o colega à esquerda pousar a mão em seu ombro e o fitou. Desse até lembrava: Breck, um rapaz alto com cabelos negros que chegavam até os ombros, pele branca e olhos verdes. Tinham namorado por cerca de um mês. Ela ainda não entendia bem por que haviam acabado. Talvez tenha feito perguntas demais.

— Diz, Lanna, quais são seus planos para o Natal? Vai visitar seus pais como no ano passado?

Ela pensou por um momento, lembrando-se da inocente mentira. Basicamente ficou em casa se enchendo de doces e assistindo a seriados aleatórios, mas a história que contou foi outra.

— Talvez. Ainda não tenho certeza. Fiquei de combinar com eles ainda esta semana.

— Você poderia convidar eles para ficarem na sua casa. Quem sabe assim você participa da festa lá na faculdade. Não tem problema chegar depois da meia-noite.

— Pode ser...

Lanna jogou o canudo de lado e virou o resto da bebida de uma vez, tentando encerrar o assunto. Não estava com cabeça para inventar algo muito elaborado. Notou que Breck queria insistir e agradeceu mentalmente quando um dos amigos do rapaz caiu sobre ele derrubando duas cervejas.

— Que merda, cara! — Bradou Breck, levantando-se de um salto.

Lanna riu da calça manchada do garoto e levantou-se, puxando sua bolsa e ajeitando-a sobre o ombro. Resmungou uma desculpa qualquer sobre precisar acordar cedo no outro dia e resolver alguns problemas relacionados aos pais e acenou para todos.

Caminhou entre as mesas lotadas, saltou algumas garrafas secas esquecidas no chão, atravessou uma porta velha de madeira ignorando seu rangido e desceu uma escada estreita. Enfiando os braços nas mangas do grosso casaco de couro, passou para a rua.

Seu corpo estremeceu com o choque do ar gelado e ela abraçou o próprio tronco, observando a névoa começar a rodeá-la, convidando-a para um doce passeio. Lanna sorriu, fechou o zíper do casaco e enfiou as mãos nos bolsos. Aceitando o convite, caminhou pelas ruas cintilantes em direção à estação de metrô mais próxima. Desceria duas ou três estações depois e cruzaria um simpático parque, evitando andar duas quadras.

Dentro da estação, parabenizou-se ao notar como estava vazia. As pessoas estavam ocupadas demais em comemorar nos bares e casas de show. Esperou menos de cinco minutos e, após três estações, desceu. Caminhou pelos túneis e subiu dois lances de escada para encontrar novamente o amistoso frio. Atravessou para a próxima quadra e parou para admirar as árvores altas de troncos grossos que abriam o parque. Sempre gostou de observá-las desde que descobriu o local meses atrás. No primeiro ano do curso de graduação, precisou resolver tantas questões que não tinha parado para perceber quase nada à sua volta. Inclusive as pessoas. Essa parte sua não parecia ter mudado.

Respirando profundamente, Lanna seguiu pela grama. Passou por arbustos, bancos vazios e sombras disformes. Chegava à saída quando uma pequena forma negra passou como um raio em frente a seus pés, fazendo-a frear e afastar-se atrapalhada. No terceiro passo, tropeçou nas próprias pernas e caiu sentada. Trêmula, pousou a mão no peito e esquadrinhou o local. Viu o mesmo vulto espremer-se para debaixo do banco à sua direita.

Lanna esperou alguns segundos e, ao retomar o controle de seu corpo, engatinhou até o banco. Apoiou os cotovelos no chão, inclinou-se bem e meteu a cabeça debaixo do assento. Ficou encantada com a criatura que a fitava. Um belo gato um pouco maior do que a mão da garota, com pelos sedosos de cor negra e olhos dourados. A porção final de suas patas era branca como se ele usasse elegantes luvas.

Lanna não conseguiu segurar um sorriso largo e esticou a mão em direção a ele. Sempre quis ter um animal de estimação, mas seus pais nunca concordaram. Agora não fazia diferença. Sentiu a língua áspera do animal tocar seu dedo e conseguiu coçar seu queixo. Esticou-se ao máximo até que agarrou o tronco do animal e o puxou para si. Com ele colado ao peito, Lanna levantou-se e afastou-se do local.

— O que houve, pequeno? Está sozinho? Se perdeu ou o deixaram de lado? Assim como eu...

Sua expressão ficou melancólica, mas logo voltou a sorrir quando o gato miou e pousou a pata em sua bochecha.

— Não precisa se preocupar mais. Eu vou cuidar de você. Hum... Será que ainda tenho algum leite em casa?

Ela alargou o sorriso e puxou a chave do bolso da calça, parando em frente a um portão metálico que dava passagem para um prédio simples de cinco andares. Naquela hora já não havia porteiro. Por isso, cada morador tinha sua própria chave. Lanna usou o casaco para esconder melhor o animal e subiu um lance de escada. Apressou-se para dentro de seu apartamento e trancou-se. Acariciou a cabeça do animal e o colocou no chão, deixando-o livre para explorar.

O local era pequeno, com apenas três cômodos: quarto, banheiro e uma mistura de sala e cozinha com uma divisão incerta. Não sentia necessidade de mais. Ela ficou animada por parecer que o pequeno gato também não precisava. Ele tinha achado uma caixa de papelão ao lado da cama dela e se enroscado em seu interior. Deixando o casaco de lado, ela aproximou-se e agachou em frente à caixa, passando a coçar as orelhas do novo amigo.

— Fico feliz que tenha gostado. Esta será sua nova casa... Mikki. É, vou chamá-lo de Mikki. O que me diz?

O gato ronronou carinhosamente e Lanna riu, aceitando o barulho como uma permissão.

Nos dias seguintes a garota mal saiu de casa. Usou apenas uma manhã para comprar uma cama, brinquedos e comida para Mikki. Alimentava-o três vezes ao dia e passava horas assistindo-o brincar, escovando seu pelo macio, massageando suas patas fofas ou com o rosto enfiado em sua barriga. Apaixonava-se cada vez mais, principalmente pelo fato de o próprio Mikki sempre seguir seus passos dentro de casa e acomodar-se em suas pernas quando ela se sentava ou deitava. Começava a ter uma faísca de esperança de que aquele Natal poderia ser até divertido. Uma pena que durou pouco.

Na noite do dia vinte e três, Lanna tinha decidido tentar novamente esse ano e andava de um lado a outro do apartamento, agarrada ao telefone e com Mikki em seus calcanhares.

— É isso, Mikki! Não tem como atrasar mais. Talvez eles ainda não tenham planos, certo?

Mikki sentou e miou como resposta, fazendo a garota sorrir. Ela respirou fundo, discou rapidamente o número telefônico e apertou o botão de chamar, fechando com força os olhos. Aproximou o aparelho do ouvido e esperou, apoiando o quadril na pia da cozinha, até que ouviu uma voz feminina rouca do outro lado.

— *Sim?*

— Alô, mãe? Aqui é Lanna. Como estão?

— *Lanna... O que quer agora? Por acaso está precisando de dinheiro?*

— Não! Eu só queria saber se...

— *Pare de murmurar, querida, e diga logo o que quer. Estou ocupada.*

— Certo! Eu só estava pensando se você e o papai já têm algum plano para amanhã. Eu poderia fazer um jantar para...

— *Ah, querida... Nesse seu apartamento do tamanho de um ovo? Acho que não. Além disso, estaremos ocupados. Mandaremos seu presente. Agora preciso desligar. Ligaremos de volta quando estivermos livres.*

Lanna murmurou uma despedida e afastou o telefone.

— Ou seja, daqui a um ano talvez...

Ela depositou o aparelho na pia e fitou Mikki.

— É... Parece que seremos só nós dois.

Mikki permaneceu parado, observando a dona sem nem piscar. A pupila se contraía com graça, e o dourado de seus olhos pareceu cintilar. Ela fez menção de aproximar-se, mas Mikki agitou a cauda e correu para o quarto. Ela o seguiu curiosa e o viu enfiar-se embaixo da cama. Ajoelhou-se próxima à beirada e permaneceu fitando a cauda do animal balançar enquanto ele se esforçava para puxar uma caixa de sapato para fora. Quando conseguiu, Mikki voltou a sentar, parecendo orgulhoso de si mesmo.

Lanna reconheceu a caixa. Tinha comprado alguns enfeites natalinos e uma pequena árvore no ano anterior, mas acabou nem montando. No fim, os enfeites foram para debaixo da cama nessa mesma caixa, e a árvore ficou no armário juntando poeira. A garota alisou a cabeça de Mikki sem tirar os olhos da caixa. Abriu a tampa e pegou uma bola vermelha enfeitada por renas. Girou-a na palma da mão.

— Acho que teremos uma árvore esse ano. Promete não derrubar?

Lanna sorriu para o animal e o agarrou, agitada quando ele acenou com a cabeça. Ela deveria estar louca por pensar nisso, mas aquele pequenino parecia entender tudo o que ela dizia. Lanna o acomodou junto ao peito.

— É realmente um mistério... Você sabia, Mikki? O nome dos meus pais são Lilia e Alberto Cavalcante de Melo. O meu é Lanna Marino Farias... São diferentes. A verdade é que eles não são meus pais biológicos. Eles me adotaram quando eu tinha cinco anos. São treinadores e sempre procuram por crianças que possam desenvolver habilidades boas o suficiente para grandes competições. Porém, eu não sou exatamente uma atleta. Não consegui corresponder às expectativas, e pelo visto... isso me faz descartável. Uma pena, não?

Mikki passou a língua pela bochecha dela e saltou para fora de seu colo. Voltou para debaixo da cama e dessa vez saiu dali com um porta-retratos rachado que soltou perto dos dedos de Lanna. Mirou-a questionador, e ela avaliou a foto, na qual sorria desajeitada enquanto um belo rapaz de cabelos negros e olhos verdes a segurava pela cintura.

— Esse é o Breck. Uma gracinha, não? Namoramos por um mês. Pouco tempo, mas o bastante para começar a questionar... começar a conhecer as falhas. Isso não é bom...

Lanna jogou a bola para cima uma vez e levantou-se.

— Vamos. Montaremos uma bela árvore.

Depois de tirar o pinheiro do armário, Lanna juntou os enfeites e levou tudo para a sala. Montaria no canto da parede, deixando um pouco mais clara a divisão entre a sala e a cozinha. Passou o resto da noite arrumando tudo. Colocou também alguns laços e fitas pela casa, arrumou uma toalha branca para cobrir a mesa espremida entre a geladeira e o fogão e pendurou uma bengala doce de pano na porta. Ficou satisfeita com o resultado.

No dia seguinte, começou os preparativos logo cedo. Comprou um peru, uma lata de ração especial e um novo brinquedo para Mikki, além de um livro que já estava querendo há um mês para si. Embrulhou e colocou os presentes na árvore e passou a tarde cozinhando. Às oito horas da noite já tinha finalizado os pratos e montado a mesa. Estava terminando de se arrumar para seguir sua pequena programação: jantar, presentes e seriado, com direito a torta de chocolate amargo. Não houve alterações nem interrupções.

O relógio marcava meia-noite quando tudo começou a ficar estranho. Depois de três pedaços de torta, Lanna adormeceu no sofá, com Mikki muito bem acomodado em sua barriga. Seu braço pendia frouxamente, e a mão quase tocava o resto de chocolate na borda do prato esquecido no chão. A televisão e as luzes da sua árvore eram as únicas coisas que iluminavam o ambiente.

Incomodando seu sono, um som estranho invadiu o apartamento. No início, algo baixo que parecia o chiar de uma chaleira ou talvez o pingar de uma torneira defeituosa. Lanna não se lembrava de precisar consertar nenhuma torneira. Resmungando, ela moveu o braço e cobriu os olhos. Tentou ignorar, mas seu sonho já tinha sido interrompido e o barulho parecia mais alto. Agora lembrava um sino. Não. Um guizo com seu belo e delicado som. Percebeu Mikki virar o corpo, levantar-se e espreguiçar-se. Ele saltou para o encosto do sofá, para o chão e por fim subiu para o parapeito da janela. Sentou e fixou os olhos no vidro embaçado pela névoa e enfeitado pelas luzes coloridas da rua.

No sofá, Lanna esfregou o antebraço nos olhos, resmungando. Obrigou o corpo a sentar e observou o apartamento à procura de Mikki com os olhos semicerrados. Estranhou o fato de ele permanecer estático e levantou-se, chamando-o. Não notou qualquer mudança na postura dele. Caminhou com cautela até a janela, esfregando o ouvido direito, e posicionou-se ao lado do animal. Aproximou o rosto do vidro, franzindo o cenho.

— O que está olhando, Mikki? Tem algo...

Interrompendo a garota, um baque forte fez a janela estremecer. Lanna soltou um grito aterrorizado e afastou-se, caindo ao chão com o corpo inteiro tremendo. Com certeza estava louca. Cobriu a boca enjoada, vidrada na janela. Uma mão pálida coberta de rachaduras e com unhas longas havia acabado de bater no vidro e agora deslizava, sumindo aos poucos de sua visão.

Mikki finalmente moveu-se. Agitou a cauda e virou o corpo devagar, ficando de frente para a dona. Fitou atento o encosto do sofá. Lanna precisou abafar um segundo grito devido aos olhos do felino. Estavam brilhando em uma mistura de dourado e vermelho, e sua pupila havia sumido.

— O que houve, Mikki...? Tem alguém aqui...?

O animal curvou discretamente o tronco e esticou a cabeça como se apontasse com o nariz. Lanna podia sentir muito bem que havia alguma coisa logo ali atrás. Reunindo toda a coragem, ela se levantou, juntou as mãos ao peito e controlou a respiração. De uma só vez, virou o tronco e arrastou-se para trás de encontro à parede, arfando. Havia realmente algo ali.

Uma mulher deitada sobre o encosto do sofá, equilibrando-se com elegância. Antebraços cruzados, bochecha apoiada sobre as costas das mãos, pernas dobradas em direção ao abdômen e olhos semicerrados. Lanna tinha certeza de que não era humana, porque a aparência era quase idêntica à dela. As mesmas feições do rosto, o mesmo corpo, mesma cor de pele, cabelos e olhos. Tudo com diferenças desprezíveis. O cabelo alaranjado tinha o comprimento maior do que o dela, sendo possível perceber que passava facilmente dos pés da estranha. Sua pele branca estava repleta de rachaduras como se quebrasse aos poucos, e os olhos eram completamente preenchidos pela cor de amêndoa. A mulher usava apenas um tecido vermelho de seda ao redor do quadril. Lanna exclamou quando ouviu a própria voz sair dos lábios daquela figura.

— Muito obrigada pelo convite, querido...

Abrindo um pouco mais os olhos, ela mirou Lanna com interesse.

— Quem... quem é você? — Questionou Lanna, colando mais as costas e as mãos à parede.

— Não sei... se essa seria a pergunta correta.

Movendo-se como se estivesse em câmera lenta, a estranha mulher levantou a cabeça, apoiou-se melhor nos braços e empurrou o tronco para cima, sentando-se. Os fios de cabelo deslizaram por sua pele como uma cortina, cobrindo seus seios.

— O que é você?

— Talvez essa seja a pergunta correta... Aliás, sua casa está uma gracinha — respondeu, passando os olhos pelos enfeites natalinos.

Fixando os olhos novamente em Lanna, a estranha inclinou a cabeça, e sua face contorceu-se em um sorriso arrepiante.

— O que acha de ouvir uma breve história nesta noite tão especial?

Lanna não ousou responder.

— Desde muitos anos atrás, quando a espécie humana ainda vagava perdida e morava em cavernas, criaturas escondiam-se nas sombras em busca de seu doce alimento. Toda noite, quando a lua estava alta, eles caçavam sua presa com grande destreza e deliciavam-se com um grande banquete da mais suculenta carne humana. Infelizmente, os humanos aprenderam a se defender, evoluíram, mudaram suas moradias, criaram histórias e assim sobreviveram por muitos séculos. Porém, essas criaturas também... Elas se adaptaram. Perceberam que precisariam controlar toda a sua fome, se quisessem continuar a existir. Você já ouviu esse pequeno aviso? Em noites de festas especiais e repletas de encanto, criaturas surgem das profundezas em busca de alimento. Por isso... tenha cuidado e mantenha-se junto aos seus semelhantes. Então, será que consegui responder à sua pergunta agora?

— Demônio...

— Essa é uma das possibilidades. Afinal, os humanos criaram tantas lendas com nomes tão variados para algo tão simples... Criaturas cujo alimento é carne humana fresca temperada com medo, desespero e solidão. Ah... A bela solidão. O melhor dos temperos...

— Eu só posso estar louca... — Balbuciou Lanna, rindo nervosamente.

— Talvez seja melhor que pense assim. Não acha, querido?

Lanna sentiu um arrepio nauseante, notando para quem deveria estar sendo direcionada a pergunta, e moveu o rosto em direção a Mikki. Arregalou os olhos, que se encheram de lágrimas quando o viu saltar para o chão e dobrar-se, esticando o dorso para cima até o ponto de a coluna estalar alto, a pele se abrir ao meio e a musculatura pulsar para fora. Tremendo incontrolavelmente, Lanna viu o animal se desfazer em carne e remontar-se na figura de um homem.

— Isso é... impossível!

Um rapaz aparentando ter idade próxima à de Lanna estava agora ajoelhado à direita da jovem. Usava calça e blusa de gola alta pretas e luvas brancas. Estranhamente, ainda tinha um par de orelhas negras no topo da cabeça e uma cauda saindo de sua lombar. Erguendo-se, ele virou para Lanna, que deixou cair lágrimas pesadas. Aquela aparência machucava mais do que tudo. Cabelos negros e lisos descendo até os ombros, pele branca e olhos verdes.

— O quê...? Breck...

— Entendo. Esse é com quem deseja ter a ligação mais forte — sussurrou o demônio.

O rapaz permaneceu em silêncio. Lanna tornou a rir, afundando mais no desespero, e descolou-se da parede. Voltou o corpo para ele e aproximou-se. Percebeu tarde demais as unhas do garoto crescerem como lâminas. Sem lhe dar chances de correr, ele agarrou seus braços com força, atravessando sua pele com as unhas. Sangue fresco escorreu para o chão enquanto Lanna torcia o rosto em uma expressão de dor e encolhia o tronco.

— Mikki... Pare...

— Ah, querida. Não adianta. Com a fome que ele está agora, nem mesmo eu poderia impedi-lo.

Mikki aproximou o rosto do dela, farejando o sangue, e afastou levemente os lábios. Ela pôde ver os caninos longos e afiados como navalha. Convenceu-se de que poderia aguentar uma mordida, se fosse algo parecido com a de um vampiro. Talvez ele pudesse ser saciado apenas com um pouco de sangue. Se fosse isso, não seria problema. Infelizmente, sua esperança foi por água abaixo no momento em que o belo demônio deu uma risada doce. Naquele momento, os lábios de Mikki estenderam-se até o final da mandíbula, a boca escancarou-se assustadoramente e duas fileiras feitas apenas de caninos cortantes foram reveladas. Ela não teve tempo de gritar. A boca foi em direção a seu pescoço e fechou-se, arrancando sua carne.

Mantendo-a em pé, Mikki apertou ainda mais seus braços a ponto de os ossos se quebrarem com um estalo alto. Ela não tinha força alguma para gritar ou sequer mudar de expressão. O sangue jorrava de seu pescoço, sujando o vidro da janela. Sentiu os dentes rasgarem seu ombro e ouviu a mulher reclamar:

— Tenha modos, rapaz! Parece até que não lhe dei educação.

No mesmo instante, ele retirou os dentes do pescoço de Lanna, soltou-a e a observou dar passos incertos para trás até atingir a parede e deslizar para o chão. Sua vida tinha acabado de se esvair. Ignorando o corpo, Mikki retornou os lábios à forma natural e virou para a outra mulher, que sorriu, convidando-o a se aproximar.

Ele obedeceu, apoiou as mãos no encosto, colou o tronco ao dela e a deixou passar os dedos por seu rosto.

— Essa forma é até interessante... Pobre garota.

Ela escorregou a mão pela bochecha do garoto, tocando seu lábio com o polegar. Aproximaram os rostos, com ela forçando mais seu tronco contra o dele enquanto colocava o polegar para dentro de sua boca, fazendo-o abri-la. Usou a outra mão para acariciar sua nuca e lambeu o sangue em sua face. Deliciou-se com o gosto familiar e passeou a língua até alcançar sua boca e beijá-lo, puxando o próprio dedo para fora. Retribuindo, ele agarrou sua cintura. Ronronou quando ela encerrou o beijo.

— Realmente...

O belo demônio passou os braços pelo pescoço de Mikki, apoiando o queixo em seu ombro, e mirou o corpo vazio de Lanna ensopado de sangue.

— Rejeitada pelos pais e por aqueles que prometeram ser sua nova família. Sempre presa pelas pesadas correntes das expectativas. Os humanos são seres engraçados, não acha? Não enxergam os próprios defeitos e projetam suas falhas nos outros. Vivem tentando desesperadamente agradar ao próximo, pois a aceitação do outro pode dar um alívio temporário a incertezas e medos. Tentam tanto que, quando não alcançam as expectativas e recebem um olhar de decepção, se trancam. Evitam novos elos e se escondem bem lá no fundo de si para que não haja novas decepções. De nenhum dos lados... Ao mesmo tempo, eles desejam tanto uma ligação que se desgastam no constante conflito entre tentar e não tentar. No fim, sobra apenas uma casca vazia.

Ela sorriu com malícia, recolheu o resto de sangue dos próprios lábios com a língua e ergueu a cabeça, juntando seu rosto ao do rapaz novamente.

— Perdem para seus próprios demônios. Você sabe, querido, qual a maior tragédia desse mundo?

Mikki inclinou a cabeça em dúvida e esperou.

— Simples. A própria existência humana.

Liberando-o, ela afastou os braços de seu pescoço.

— Agora, termine sua refeição. Ainda temos muitas almas solitárias para visitar. Nosso banquete está apenas começando...

O garoto ronronou satisfeito e colou os lábios à orelha da mulher, lambendo-a como um gesto de pequeno agradecimento. Afastou-se em direção ao corpo de Lanna, modificando novamente sua boca e revelando seus dentes. Assim seguiu-se o banquete, entre risos maliciosos, o estalar de ossos e músicas natalinas.

— Realmente, o ser humano é tão... trágico.

Pesadelo real

Por mais uma tempestuosa noite, preso neste repetitivo sonho indigesto. Respirando pesadamente, com os pulmões ardendo e a cabeça zonza. Vejo lojas, casas e becos passarem diante de meus olhos como borrões enquanto forço minhas pernas doloridas a continuarem com a corrida em desespero. Posso perceber a sombra que me fareja e segue em meu encalço. Chega cada vez mais perto e meu cérebro entra em curto. O céu está escuro e não consigo reconhecer nem uma alma humana ao meu redor para implorar por socorro. Meu corpo me leva em disparada direto para a entrada de uma boate e minhas mãos espancam a porta, mas meus ouvidos não captam respostas, e, antes que possa voltar a correr, uma mão agarra minha nuca. Tento lutar em vão antes de ser empurrado contra a madeira fria e sentir uma dor fina em minha medula. Viro-me cambaleante, deslizo pela porta até encontrar o chão e foco no agressor.

O mesmo de todos estes malditos pesadelos. Um palhaço, por mais ridículo que possa parecer, alto e de corpo esguio, com maquiagem extravagante e sapatos vermelhos enormes. Por que será que sinto esse arrepio tão desagradável quando miro seus olhos? Não me parece ser pelo único fato de ele ser meu algoz.

Acordo com um pulo e quase caio ao chão quando minha cabeça gira e minhas vísceras embrulham. Agarrado às beiradas da cama, tento me recompor, sentindo o suor frio e pegajoso descer pelas costas. O coração parece um tambor em meu peito, e os olhos ardem como se estivessem em chamas. Eu me pergunto quantos já teriam sido. Dez ou quarenta? Movo as pernas devagar, jogo-as para fora da cama e arrasto o quadril para a beirada. Percebo uma nova lesão arroxeada em meu joelho e penso que o acertei na parede enquanto me contorcia sobre a cama. Já faz semanas que sou assaltado por tais sonhos e ganho esses ferimentos, sendo sempre um constrangimento inventar uma desculpa quando questionado sobre eles.

Ignoro os questionamentos em minha mente a mil e me levanto ainda sem forças. Arrasto-me até o banheiro, encho a pia de água e mergulho a cabeça. Deixo-a submersa ao recuperar fragmentos do sonho. Dessa vez estava saindo de um famoso restaurante italiano quando fui abordado. Já havia experimentado muitos lugares diferentes. Até mesmo alguns que nunca cheguei a visitar fora de meus devaneios. Cinemas, aquários, outros restaurantes, shoppings, parques, casas de amigos e em meio a uma trilha. Sempre tarde da noite, quando vagava solitário por entre sombras irreconhecíveis e ruas mudas. Ainda acolhido pela água, ela enche meus ouvidos com seu zumbido agradável e acalma minha alma até que me puxa para a realidade. Jogo os cabelos molhados para trás e sigo a rotina programada de todo dia fútil.

Já faz dois anos que entrei na faculdade e consegui um emprego temporário em uma dessas tantas cafeterias amontoadas pela cidade. Um turno para estudo e outro para o trabalho que mantém ao menos parte das despesas em casa, já que minha mãe precisou diminuir sua carga de trabalho e meu pai decidiu sumir com uma dançarina de circo. Um decrépito pervertido talvez. Isso me faz recordar o primeiro sonho da sequência de tormentos. Era madrugada de céu cinzento, com pingos gélidos e finos de chuva passageira. Saía de uma tenda larga de circo, e meus pés doíam como se tivessem sido martelados. Sentia algo apertar minha cintura e o ar entrar com dificuldade pelas narinas. Reclamava da lama escura quando me deparei com a figura longa de peruca avermelhada e olhos cortantes. Pronunciei poucas palavras antes de perceber a serra em sua mão e então correr, mas infelizmente isso foi o mais ridículo. Dei poucos passos antes de cair indefeso no meio da lama e ser esquartejado. Na manhã seguinte, acordei aos gritos e com um estranho corte na bochecha. Os próximos seguiram um roteiro parecido, mas ao menos conseguia fugir por mais tempo.

Semana após semana, a mesma sensação de pânico e a dor excruciante de ser fatiado por uma lâmina. Em todas tentava forçar meus braços finos contra ele e derrubá-lo, mas de nada me adiantava. Nas horas de aula, me pegava interrogando-me sobre o porquê de ser justamente um palhaço. Lembro que nunca tive muito gosto por esses artistas tão ávidos por trazer risadas, mas nunca passou de raiva passageira. O sentimento de pavor nunca residiu em meu íntimo. Mesmo agora, com esses delírios do inconsciente, não me encontro evitando palhaços ou fugindo deles em meu tempo junto à realidade. Apenas os sonhos me forçam a fazê-lo.

Encerrada a rotina do dia, retornei para casa imaginando que tipo de morte estaria esperando por mim naquela noite. Jantei ao lado de minha mãe, escutando em silêncio seu monólogo sobre má sorte e péssimas decisões feitas ao longo da vida. Apaixonar-se por um artista imbecil foi a pior delas, segundo suas declarações. Aprendi a desligar minha mente nessas horas e já pescava palavras soltas apenas o suficiente para concordar, se fosse necessário. Com tudo encerrado, pude seguir para o quarto e despir-me. Acabava de notar algumas manchas amareladas em minhas costas. Hematomas antigos, talvez. Ignorei. Sentei na beirada da cama e respirei fundo algumas vezes, preparando-me para a fuga. Era hora. Adormeci depressa, e assim o sonho teve início.

Andava calmamente por uma rua estreita em direção a uma simpática casa de paredes brancas. Passei por um portão de madeira envelhecida, cruzei a grama recém-molhada e puxei uma chave do bolso. Enfiei-a na fechadura, mas antes que girasse algo congelou meu interior. Uma mão em movimento circular e o brilho de uma lâmina em minha direção. Joguei o tronco para o lado, livrando o pescoço de um golpe certeiro, e afastei-me aos tropeços. Como um bom inquilino que sempre se faz presente, lá estava aquele palhaço insano. A garganta fechava, e as pernas tremiam. Desviei por um fio de mais dois golpes e fugi dando a volta na casa para tentar pular o muro pelos fundos. Já estava no topo, quando uma mão agarrou meu calcanhar e jogou meu corpo direto no chão. Senti-me enjoado com a pancada na parte de trás da cabeça, mas agitei as pernas tentando atingi-lo. Por sorte, acertei seu rosto, forçando-o para trás. Tive tempo de levantar e tornar a correr. Dessa vez era um azarado. Minhas pernas estavam estranhas e não me equilibravam de forma satisfatória. Já sabia o resultado de todo jeito. Fui agarrado pelas costas e arremessado contra a parede da casa. No momento em que fui forçado a virar contra uma janela, a lâmina atravessou minha carne, sendo cravada direto no peito. Insatisfeito, ele fez mais duas aberturas em meu tórax antes de me libertar de suas mãos.

Era estranho. Meu corpo enfraquecido deslizava, deixando um rastro de sangue rubro em meio às fissuras da janela recém-rachada. Podia ver o líquido escorrer do peito para minhas pernas e a respiração falhar até que se tornou inexistente. Porém, meu rosto latejava de forma irritante, e eu não conseguia ver nada que justificasse. Pelo menos não naquele corpo sem vida. Ao levantar os olhos, me deparei com o reflexo do meu constante e indesejável "amigo". Os lábios estavam cortados e o olho direito, machucado. Levei a mão ao ferimento na boca e senti ardor quando o toquei. Saltei os olhos quando o reflexo seguiu os movimentos. Por alguns segundos fiquei petrificado por tamanha revelação, até que a situação não me pareceu tão desesperadora. Fitei o corpo, percebendo a diferença de tamanho entre suas pernas, e ri. Então era por isso que parecia tão difícil correr. Ao menos eu era aquele que sobrevivia no fim de todas essas noites infernais.

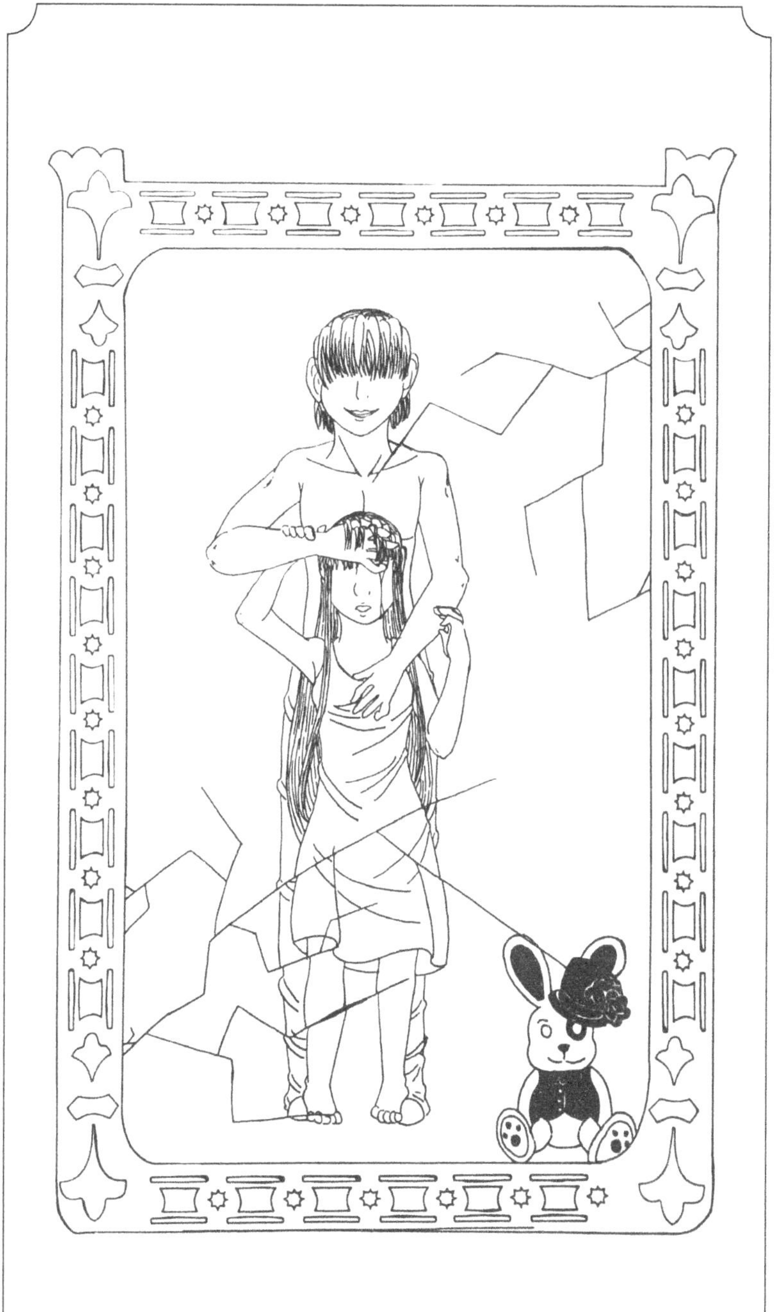

Sobre espelhos e pelúcias

Assim como em todas as manhãs, como se o próprio tempo tivesse parado, sinto o sol passar pelas barras da janela e acariciar meu rosto. Desperto e me vejo neste lugar cinza. Manicômio Judiciário de Florêncio, ou pelo menos esse foi o nome que vi no portão. Um casarão de dois andares, com paredes de pedra e portas de madeira escurecida. Soube que é dividido em três alas: infantojuvenil, para adultos e para idosos. Engraçado, até idosos podem ser criminosos doentios. Infelizmente, meus olhos só viram a ala infantojuvenil. Isso mesmo, encontro-me entre crianças e adolescentes que, assim como eu, não estão em seu melhor estado mental. Ou será que é apenas como nos classificam? Bem... isso não importa muito.

Conheço alguns cômodos do local, como a sala de refeições com suas paredes frias e mesas longas de metal parafusadas ao chão. As cadeiras, por sua vez, não chegaram a ser imobilizadas, mas são de plástico. Devem pensar que é um material mais seguro. É nessa mesma sala que podemos passar um tempo jogando algo e onde recebemos as medicações prescritas e são feitas as terapias coletivas. Outro é o "meu quarto", um cubículo com apenas uma cama velha que range ao mero movimento e um armário que comporta somente as poucas mudas de roupa disponibilizadas e alguns livros. Dizem que é bom para ocupar a mente. Talvez se perguntem sobre o banheiro. Então... São dois, feminino e masculino. Basicamente um grande salão, com chuveiros divididos por uma parede baixa. E, por fim, os sanitários ficam na parede oposta. Ao menos são separados por boxes.

O último que me é familiar é o consultório médico no qual ocorrem duas sessões por semana. Duas cadeiras acolchoadas pretas, uma mesa baixa de madeira vermelha, uma estante branca repleta de livros, alguns jogos infantis e bichos de pelúcia. Nunca entendi o porquê de tantos bichos. Seriam eles os únicos a de fato guardar os piores segredos e verdades ditos naquela sala? Os melhores confidentes. Afinal de contas, os doutores ainda têm voz para usar.

E é aqui que passo meus dias. Em uma rotina monótona que não se altera. Acordar às sete da manhã, tomar o café da manhã e após trinta minutos as primeiras medicações. Tempo livre até às nove da manhã e seguir para a primeira conversa em grupo com direito a lanche. Não são todos que participam, mas sim aqueles que se mostram cooperativos e pacíficos. Bem lógico. À uma da tarde, almoço e a segunda parte das medicações. Limpeza e organização do próprio quarto, e às sete da noite, o jantar. Em dia de consulta, vejo meu psiquiatra responsável às três da tarde. Rotina simples de seguir.

Agora a questão mais interessante: por que alguém como eu está neste lugar, onde todas as janelas têm barras e os cômodos são separados por portas com trava eletrônica? Para responder isso, creio que terei de voltar ao início de tudo.

Nasci em 26 de abril de 2001, em uma fazenda antiga no interior da Paraíba. Única filha de um casal de comerciantes de algodão e algumas verduras. Registrada como Liandra Malves Lins. Uma bela menina de pele cor de canela, olhos cor de mel e cabelos chocolate. Irmã caçula de Pedro Malves Lins. O único do qual interessa saber o nome.

A casa era simples, feita completamente de madeira. Tinha seis cômodos, e eu dividia o quarto com meu irmão dez anos mais velho. Lembro bem do rangido das camas, o cheiro de suor misturado a madeira velha e o espelho que de alguma forma não se encaixava com o resto da mobília. Odiava aquele espelho. Retangular e com bordas de aço entalhadas e douradas. Havia sido um presente de quando completei nove anos e tudo começou.

Os primeiros avanços se restringiam a beijos e abraços. Podem pensar: mas é normal entre irmãos. Claro, beijos e abraços são bem normais entre familiares. Ou pelo menos foi o que meus pais responderam quando os questionei. Porém, a resposta poderia ter sido diferente, se eu tivesse especificado. Ele gostava dos meus lábios e de vez em quando pedia que abrisse bem a boca para que pudesse passear os dedos em minha língua. Fazia cócegas. E quando me abraçava podia sentir seus dedos roçar meus mamilos e minha bunda. Com o tempo, ele progredia. Mandava eu ficar apenas com a roupa de baixo, sentar-me em frente ao espelho sobre seu colo e então passeava as mãos pelo meu corpo enquanto sussurrava:

— Está tudo bem. Não precisa ter medo. Logo você vai se sentir muito bem.

Podia sentir algo duro roçando entre minhas nádegas, sua respiração descompassada em meu pescoço, o cheiro salgado e por fim um líquido viscoso em minhas costas. Recordo com detalhes do rosto contorcido do meu irmão. Testa franzida, olhos vidrados em meu reflexo, boca aberta e dentes à mostra em um sorriso doentio. Não sabia distinguir se era de dor ou de prazer. Também nunca procurei saber.

Quando finalmente completei meus dez anos, ele avançou para o próximo nível. Passou a fazer o que os "adultos" fazem. Suas ordens eram simples:

— Tire toda a roupa e fique de quatro, com a cabeça virada para o espelho. Não quero perder nenhuma parte.

Foi a partir dali que entendi a função daquele maldito espelho. Com isso, ele não perderia a visão de nenhuma parte. Não importava a posição. Não importava de que forma me penetrasse.

Os anos passaram dessa forma, e aos onze meus pais faleceram. Soube que em um acidente de carro, quando estavam indo entregar uma encomenda. Pedro cuidou de toda a questão de velório e enterro. Ele já tinha vinte e três anos na época e os ajudava com os negócios da família. Agora seria responsável por todo o negócio. Não consigo recordar direito como foi o velório ou o enterro, mas sei que não consegui derramar uma lágrima sequer. Parecia que estava seca. Quando relatei esse fato em uma das minhas sessões, minha responsável disse que os anos de abuso me deixaram como que anestesiada. Não conseguia processar bem os sentimentos e por isso não podia demonstrar qualquer tristeza. Imagino se era realmente isso.

Aos treze anos, as coisas não pareciam muito diferentes. Frequentar a escola pela manhã, ajudar em casa à tarde e satisfazer meu irmão à noite. Nada novo até que aquele incidente ocorreu. O estopim que me trouxe até aqui. Estava voltando da aula junto a um colega de classe. Ele havia me pedido emprestado um livro. Pedi que esperasse na porta enquanto eu ia buscar. Pensei que não teria problema, já que meu irmão estava ocupado trabalhando nas plantações de algodão. Porém, mesmo depois de entregar o livro, aquele garoto continuou tentando prolongar a conversa. Um grave erro. Pedro estava retornando quando viu aquele estranho tentando tocar em meu rosto. Foi o suficiente para tirá-lo completamente do sério. Como uma besta faminta ele avançou, atacando meu colega com os punhos. Derrubou-o no chão com um único soco, forte o bastante para quebrar seu nariz. Quando me dei conta já havia sangue em meu rosto, e meu colega estava sendo massacrado a socos e pontapés enquanto meu irmão berrava:

— Você não pode ter ela! Acha que sou idiota? Acha que não vi como a olhou? Está querendo foder com ela, não é? Mas isso não vai acontecer! Seu filho de uma puta!

Não consegui fazer nada. Estava paralisada. Assustada como um pequeno bezerro indo ao abate. Só pude assistir a vida se esvair daquele corpo. E, mesmo quando já era apenas uma casca vazia, Pedro não parou. Apenas no instante em que minha voz conseguiu escapar de meus lábios e chamar seu nome. Ele soltou o corpo já desfigurado no chão e me puxou para si. Agarrou-se a mim como um desesperado. Enquanto sentia o cheiro de sangue fresco me invadir, ouvia murmúrios sem sentido daquele louco. E esse foi nosso primeiro crime. Meu irmão decidiu enterrá-lo nas plantações e, naquela mesma noite, me usou com tanta força que não pude sair da cama no outro dia.

A partir daquele dia ele ficou cada vez mais possessivo e até paranoico. Qualquer homem que se aproximasse de mim o fazia queimar de ciúmes. Inclusive o carteiro, que por uma infelicidade virou seu segundo alvo. Foi morto a foice e desmembrado antes de ser enterrado. No terceiro assassinato, o discurso do meu irmão fazia menos sentido ainda.

— Esses escrotos de uma figa! Colocando seus olhos cheios de malícia em minha bela irmãzinha. Isso ainda é pouco. Muito pouco. Precisam aprender uma boa lição. Precisam ser castrados! Isso! Vou castrá-los e então desmembrá-los.

Pobre rapaz. Seu destino foi ser o primeiro teste. Castrado e, por fim, feito em pedaços para então virar sopa em meio a uma mistura de ácido sulfídrico e soda cáustica. Eu odiava aquilo. Após Pedro escolher o alvo, eu tinha que o atrair, ajudá-lo a quebrá-lo em pedaços e então limpar a sujeira. Os gritos e as súplicas eram ensurdecedores. Deixavam-me zonza e ressoavam em minha mente mesmo após os corpos serem dissolvidos.

Foram cerca de quinze vítimas durante dois anos. Ele sabia se livrar das provas. Mesmo depois que a polícia começou a investigar os desaparecimentos. Demoraram a relacionar os casos, e nesses dois anos não conseguiram nada que associasse meu irmão a eles. Mas começavam a suspeitar, pois ouviam histórias de suas atitudes possessivas e relatos de algumas brigas. Tudo aquilo estava para ruir como um castelo de areia.

Estávamos no velho estábulo, a alguns metros de casa. Ele tinha acabado de castrar um rapaz de vinte anos. Como todos os outros, morreu no processo, entre urros de dor. Por ordem de meu irmão, eu segurava a cabeça do cadáver para estabilizar melhor enquanto ele a serrava. Pernas e braços já estavam separados. Estava dando mais trabalho do que os anteriores. Quando finalmente a cabeça descolou do corpo, aconteceu. Os portões pesados se abriram com um baque, uma das dobradiças saltou longe, e policiais armados entraram gritando.

— Polícia! Abaixe a arma e de joelhos! Agora!

Estava tão surpresa que deixei a cabeça escapar de minhas mãos. Minhas pernas tremeram, e caí ao chão enquanto Pedro gritava e tentava se livrar das mãos de dois deles. Não demorou para o renderem e algemarem. Ao se aproximarem de mim, pareciam sentir pena. Fui levada com cuidado para fora e envolta em cobertores. Perguntaram por parentes próximos, mas não tinha ninguém. Éramos só eu e meu irmão.

E aqui estamos. Chegamos ao ponto da questão principal. O porquê. Cúmplice no assassinato grotesco de quinze rapazes. Meu irmão confessou com detalhes todos os assassinatos e foi mandado para uma prisão de segurança máxima, onde foi sentenciado a passar o resto de sua vida. Eu fui trazida a este local. Disseram que eu também era uma vítima da insanidade daquele monstro. Anos sendo abusada sexualmente. Fiquei sob o total controle dele e segui à risca suas ordens. Eu não tinha noção do que estava fazendo. Agora vivo meus dias pacificamente e sem medo ou espelhos. Ou pelo menos foi o que tive a paciência de contar em minhas incansáveis sessões. Tão descartáveis. Sempre iniciadas com a mesma pergunta estúpida:

— Como está se sentindo hoje?

Adultos são tão sem criatividade e pouco confiáveis... Melhor falar com uma pelúcia. Convence mais e sabe guardar segredos tão deliciosamente bem. Algo que humanos só aprenderão se tiverem a boca costurada. Ao menos são úteis em bajular. Igual àquele imprestável. Sempre me enchendo de elogios e presentes, para depois me foder do jeito que quisesse. Tão inútil que nem transar direito sabia. Não conseguia despertar nenhum sentimento em mim. Fosse ele de prazer ou de dor. E depois ainda enchia meus ouvidos com reclamações fúteis pelo fato de eu não ter qualquer expressão facial. Esperava mesmo que eu expressasse algo? Aquele espelho só servia para me mostrar quão vazia eu era. Nem espuma deveria haver em mim. Oca e bela como uma boneca de porcelana. A mesma sensação que tenho agora, durante esses dias morgados. Porém, pude me sentir viva recentemente.

Tentava aproveitar meu tempo livre no grande salão, quando se iniciou uma confusão. Aparentemente uma das crianças irritou muito um dos rapazes mais velhos, que acabou se descontrolando e partindo para a surra. Nos dois primeiros socos os funcionários se mobilizaram e impediram que as agressões continuassem. Mesmo assim, os meros segundos foram o bastante para trazer aquela sensação de volta. O cheiro de sangue e a expressão de fúria daquele garoto. Eram exatamente iguais. Pude ver a sombra de meu irmão e sua primeira vítima ensopada de sangue. E isso trouxe de volta uma sensação tão... doce!

Exatamente como naquela época. Sabe, fui sincera quando disse que estava assustada na hora. Realmente estava, mas não com aquele escroto. Minhas mãos suavam frio, minhas pernas tremiam, o coração batia como um tambor em meu peito, meus ouvidos zumbiam, um arrepio subia por minha espinha e meus lábios se torciam incontroláveis em um sorriso de pura felicidade. Estava em êxtase. Finalmente tinha achado. Finalmente sabia como era estar viva. Naquele breve momento, não era mais uma boneca vazia de porcelana. Enquanto via aquela criatura gritar, lutar e espernear por sua vida que se esvaía tão facilmente. Meu corpo esquentava à medida que o brilho desaparecia de seus olhos e, quando já não podia reconhecer suas feições, estremeci. Foi também a primeira noite em que meu tolo irmão me viu gargalhar e gemer no momento em que me usava. Porque pela primeira vez vi um reflexo diferente no espelho. Vi algo vivo enquanto sentia verdadeiramente o corpo dele.

Ficou bem mais fácil controlá-lo depois daquilo. Acreditava em tudo que eu dizia. Inclusive que esse ou aquele homem me encarava demais ou tinha tentado me tocar. Estava convencido de que eram seus alvos, mas não passavam de ratos de laboratório. Queria saber se poderiam me dar a mesma sensação de êxtase.

Em uma noite de nevoeiro, usei meu corpo e a promessa de que poderia tê-lo para atrair o segundo até o velho estábulo. Meu irmão fez o resto do trabalho. Não menti quanto a isso. Ele esperava lá, com a foice usada para trabalho. Não hesitou nem um segundo em enfiar a lâmina no meio da testa daquele infeliz. Nem nos próximos trinta golpes que desferiu. Foi uma quantidade bem excitante de sangue rubro. Senti meu coração palpitar e um frio prazeroso na barriga. Acabei deixando escapar saliva quando ri, e ali mesmo deixei que ele me tocasse.

Notei algo importante naquela noite. Deixar um cadáver apodrecer naturalmente embaixo da terra não era exatamente um meio eficiente de se livrar dele. Mas era o mais longe que a mente daquele babaca iria. Principalmente depois de enterrar o segundo e começar com seus delírios de castração. Era melhor eu pensar em algo ou ao menos pesquisar. Usei o computador do meu irmão sem que ele percebesse. Não foi difícil achar, e só precisei deixar algumas janelas abertas para ele se interessar pelos novos métodos. No terceiro assassinato, já o colocamos em prática. Assim como a tão desejada castração.

Atraí-lo até o estábulo para meu irmão amarrá-lo à mesa, abrir o escroto e remover os testículos sem qualquer analgesia ou sedativo. Em seguida, começávamos a desmembrá-lo. Não era uma tarefa muito fácil, considerando que um homem adulto pesa em média setenta quilos. Era preciso, no mínimo, desmontar as articulações maiores. Primeiro a do ombro, depois a da coxa, em terceiro a do joelho, em quarto a do cotovelo, e por fim separávamos a cabeça. Era incrível! A cada estalar de ossos e cartilagens, meu corpo esquentava e minha respiração pesava.

Quando dividido em seis partes, cada uma era mergulhada em ácido sulfídrico e soda cáustica. Os ossos que restavam eram moídos e dados aos porcos que ele criava para venda. Fazia parte do meu trabalho também manusear as substâncias químicas e alimentar os animais. Era cansativo, mas a sensação valia o esforço. Pelo menos nas cinco primeiras.

Aos poucos o vazio foi voltando e o sentido daquilo se perdendo. Não era mais um desafio. Todos aqueles homens eram tão facilmente enganados... Bastava um toque, um sussurro no ouvido, mostrar um pouco mais de pele. Ah, esses gritos de desespero que me faziam flutuar... Passaram a me irritar profundamente. Como podiam ser tão barulhentos? E aquele escroto pervertido que insistia em me chamar de sua já tinha voltado a ser um inútil até na cama. Era hora de acabar com tudo. Talvez pensar em novos alvos. Mas antes precisava me livrar daquele peso. Seu descontrole estava cada vez maior e não tinha qualquer serventia. Tinha chegado a hora.

Na nossa última aventura, enquanto Pedro se ocupava com o seu "pequeno procedimento", enviei um pedido anônimo de socorro a um conhecido, que chamou a polícia em instantes. Como imaginei que faria. Esse rapaz em particular nunca gostou do meu irmão e, quando os policiais começaram a investigar os desaparecimentos, foi o primeiro a insinuar que ele deveria ter algo a ver com isso. Ele me fez um grande favor ao enfatizar que uma adorável criança deveria estar sendo obrigada a fazer perversidades. Fez os policiais até se simpatizarem comigo.

Ganhei minha entrada no manicômio quando ele perdeu a cabeça de vez na delegacia, revelou todas as quinze mortes enquanto gritava que todos eram asquerosos pervertidos que queriam pôr as mãos em sua preciosa irmãzinha e que apenas ele podia desfrutar de um corpo tão deslumbrante. Caiu na imbecilidade de "contar os abusos que cometeu contra mim", como chamaram os policiais. Piorou a situação para o lado dele, mas em compensação foi de apreciável utilidade para mim. Era preciso apenas continuar com esse papel de vítima.

Já faz um ano que enceno esse papel e sou a paciente modelo deste lugar. Apreciada e mimada por todos os funcionários, inclusive pela minha psiquiatra responsável. Ganhei até um presente de recompensa. Um pequeno coelho de pelúcia marrom-avermelhado e olhos negros, vestido de mordomo. Ela decidiu me dar, já que o encarava muitto durante as sessões. Um companheiro ideal para o dia a dia. Silencioso e confiável.

Daqui a trinta dias farei nova entrevista para avaliar se posso voltar à sociedade. Soube que um casal ficou emocionado com minha história e decidiu me adotar. Minha psiquiatra está muito esperançosa. Disse que tenho grandes chances devido à toda a minha cooperação, à participação em todas as terapias e à adesão ao tratamento medicamentoso. Além disso, minhas entrevistas passadas foram positivas. Essa nova família... Só espero que não seja tediosa. Seria uma pena. Não acha, pequeno Malves? Você... vai me acompanhar agora, certo? Pequeno Malves...

Fora dos planos

Tudo começou quando Emilly Park foi transferida para o grande centro da cidade. Havia conseguido seu primeiro emprego no Banco Real logo que se formou, e por dois anos foi a funcionária-modelo. Agora conseguiu sua grande promoção: transferência para uma filial maior, um cargo mais alto e um bom apartamento a poucos quilômetros do trabalho. Tudo conforme os seus planos. Só havia uma coisa que estava totalmente fora de suas expectativas: aquelas irritantes ligações.

Começaram poucas semanas após ela finalizar sua mudança e iniciar seu trabalho no novo estabelecimento. Ligações estranhas nas quais ninguém respondia, mesmo com sua insistência. Havia apenas o silêncio e um chiado incomum como a estática de uma televisão antiga. Isso irritava seus tímpanos e a fazia xingar por alguns minutos. Porém, decidiu não dar muita atenção. Convenceu-se de que era apenas um tolo cometendo um engano bobo, depois imaginou que se tratava de trotes de crianças mal-educadas. Havia finalmente percebido que a maioria de seus vizinhos tinha filhos ainda na idade de aprontar tais inutilidades. Com os dias e a insistência, Emilly forçava um pouco mais a audição, até que conseguiu identificar ao fundo uma respiração ofegante do outro lado da linha. Ficou enojada e quase quebrou o telefone ao lançá-lo contra a parede por mero instinto, enquanto sua mente questionava se aquele não deveria se tratar de um pervertido. Enfurecida, tornou a pegar o telefone e soltou todo tipo de ofensa sobre aquele estranho. Não deixaria que ele atrapalhasse seus planos perfeitos.

Depois desse episódio, decidiu que não atenderia mais, porém não parecia algo viável. Recebia ligações de familiares e relacionadas ao trabalho que não poderiam ser simplesmente ignoradas. Tentou relevar e apenas desligava assim que percebia se tratar do pervertido. Infelizmente ficou insustentável. Resolveu testar outra opção. Trocou o número do telefone e tomou todo o cuidado em só informar à família, ao pessoal do trabalho e a outros que fossem estritamente necessários. Resolveu o problema por algumas poucas semanas, até que tudo recomeçou. Para piorar, o estranho decidiu se pronunciar, pegando-a totalmente de surpresa em uma noite chuvosa de sábado. Ela acabava de sair do banho quando o telefone tocou. Ainda estava enrolada em seu roupão e enxugava os longos cabelos alaranjados. Hesitou por um segundo, mas lembrou que um colega de trabalho tinha combinado de ligar naquela noite. Infelizmente, o que ouviu foi a respiração ofegante e finalmente a voz do sem-nome. Era calma e monótona, mas gélida e cortante. Fez seus pelos da nuca se arrepiarem, suas pernas falharem um segundo e a garganta travar. Não teve controle das próprias palavras e permaneceu muda enquanto ele se divertia do outro lado, chamando-a por apelidos carinhosos como se fosse um tipo de amante apaixonado.

As palavras doces arrepiavam sua medula, e o conteúdo a aterrorizava ainda mais. Pequenos detalhes aparentemente irrelevantes, mas que faziam parte de sua intimidade. Enquanto declarava um amor irracional, ele descrevia como adorava o fato de ela sempre puxar repetidamente uma mecha do cabelo quando nervosa, verificar duas vezes se as portas do carro estavam trancadas toda vez que estacionava, colocar os sapatos perfeitamente alinhados na lateral da porta sempre que chegava em casa, assistir a um episódio de um seriado específico toda noite enquanto acabava com um pote de sorvete mesclado, sua pequena cicatriz atrás da orelha que ela sempre escondia com os cabelos, a forma como torcia os lábios sempre que seu chefe ligava, seu amor exagerado por cobras e a total falta de interesse em ter filhos muito bem escondida na desculpa de que deveria se estabilizar financeiramente antes de pensar nisso.

Tudo aquilo não fazia o mínimo sentido para ela. Como ele podia saber até os dias da semana que ela tinha especificado para fazer seus banhos de sais e tratamentos de beleza? Ela precisava desligar. Interromper aquela ligação desconcertante e cortar esse elo que se formou à espreita de sua vista. De um fôlego só ela desligou, mas era tarde. Já estava coberta de dúvidas e medos. Ele havia tecido majestosamente sua teia ao redor da mente dela, sem deixar brechas para escapatória. Em um impulso feroz, revirou o apartamento em busca de câmeras ou escutas. Algo tinha de aparecer. Ledo engano. No meio de lâmpadas espatifadas, espuma e almofadas partidas ela se viu encurralada, e a partir daquela noite pesadelos a assaltaram diariamente. Um insólito mar de estranhos e fios enroscando-se ao seu corpo, apertando-a tão forte que rasgava sua pele.

Dias depois, estava exausta e em estado penoso. Era consumida por uma sombra que a seguia por todo lugar. Havia perdido peso e tinha olheiras profundas nos olhos encovados. Estava sendo completamente controlada, mas naquela manhã pronunciou ao próprio reflexo que acabaria com isso. À noite, quando retornou do trabalho, tomou seu banho demorado e foi folhear um livro ao lado do telefone. Não demorou para ouvi-lo tocar. Jogou o livro de lado e atendeu, liberando tudo que tinha acumulado durante esses dias. Não deu chances para que falasse. Quando finalizou sua última ameaça, percebeu algo paralisante. A respiração daquele homem estava muito alta e muito próxima.

Só teve tempo de virar antes que tudo escurecesse. Quando retomou a consciência, a cabeça latejava, seu corpo não obedecia, sentia um peso sobre os quadris e algo pontiagudo pressionar seu esterno. Reconheceu o sorriso torto e os olhos acastanhados. Um antigo amigo muito querido da faculdade que sempre demonstrara seus sentimentos românticos por ela. Pensou que aquela era realmente uma forma miserável de morrer. Por fim, sentiu apenas uma dor excruciante no peito antes de se tornar uma casca vazia. Um corpo incapaz de contar tal infortúnio e seu decepcionante fim.

A fantasia pode ser
o caminho para
criaturas perigosamente
encantadoras e fascinantes.
Está preparado?

Minha adorável presa

Dollhouse: uma excêntrica e atrativa cafeteria famosa entre os moradores de Campos do Jordão. Com suas paredes de coloração rosa-bebê e vitrines com delicadas bordas violáceas, ela se destacava em meio às simpáticas casas enfeitadas por tapetes de grama fresca. Fora inaugurada havia menos de um ano, mas já fazia parte das atrações mais famosas por seus curiosos atendentes e sua decoração única.

Atraindo todos os olhares, suas vitrines eram enfeitadas por prateleiras contendo variedades de cupcakes, bolos e tortas de diversos sabores, cores e texturas. Glacê e pasta americana decoravam artisticamente cada doce, e fitas complementavam a decoração com um toque de delicadeza. Tudo remetendo à elegância das bonecas de porcelana, e aqueles que se aventuravam pela porta giratória mergulhavam no encantador show. Jovens de beleza indescritível andavam elegantemente pelo local, usando uma mistura de vestes vitorianas e circenses da mais alta qualidade enquanto serviam e entretinham os clientes sem pronunciar uma única palavra. Os recém-chegados sempre eram enganados, mas aos poucos percebiam os inexpressivos olhos de vidro, a pele fria e rígida demais para pertencer a um humano e as marcas características de uma marionete nas articulações visíveis. Eram tomados pelo espanto ao constatarem se tratar de bonecos e passavam horas em busca de fios ou engrenagens que explicassem seus movimentos.

Naquela semana, os clientes regulares estavam agitados e numa tarde enevoada cochichavam atônitos, zumbindo como abelhas enquanto moviam talheres e xícaras. Sentiam-se seguros e livres para confabular absurdos. Afinal de contas, os únicos seres vivos além deles eram a doce Líliam Euphimia, dona do local, e seu lobo negro. O animal cochilava tranquilo ao lado do balcão do caixa, enquanto Líliam andava por entre as mesas de madeira negra e bancos compridos de estofado vermelho, verificando se tudo ocorria bem enquanto distribuía sorrisos meigos. Percebia que o assunto principal das conversas era sempre o mesmo: o novo morador, Adam Collin.

Ele havia se mudado havia pouco tempo, mas já era considerado o galã do ano, repleto de mistério. Morava na mansão mais antiga há muito vista como assombrada, atiçando a curiosidade. Fazia duas semanas que os clientes de Líliam lotavam o café, na esperança de vê-lo. Afinal de contas, não havia ninguém que não se interessasse pela encantada cafeteria. Para a satisfação geral, o pedido foi atendido naquele mesmo dia.

Líliam escutava pacientemente as insatisfações de um grupo de garotas excessivamente ansiosas quando o som da porta giratória chamou a sua atenção. Assim que desviou os olhos para a entrada, ela viu um estranho rapaz sendo recebido e encaminhado a uma das mesas por dois bonecos idênticos. Ambos vestiam roupas elegantes de mordomo, tinham cabelos lisos rosados, olhos bicolores azul e verde, uma pintura florida na lateral esquerda do rosto e uma cartola minúscula lateralizada no topo da cabeça. Quando o novo cliente se acomodou no banco, observando tudo com um sorriso divertido, os bonecos gêmeos ofereceram-lhe o cardápio com uma breve reverência.

Ignorando os gritos agudos, Líliam seguiu em direção ao recém-chegado, observando-o com mais atenção. Começava a entender o porquê de toda a agitação. O rapaz analisava o cardápio com elegância, mantendo a postura impecável e o queixo discretamente elevado. Tinha uma aura de mistério e perigo quase palpável que atraía. Além disso, sua beleza era desconcertante. Alto, músculos artisticamente definidos, cabelos longos alaranjados com fios escapando de sua orelha e acariciando a pele branca, e olhos castanho-avermelhados.

A pele de Líliam formigou quando ele a encarou. Seu olhar era penetrante e parecia analisar cada pedaço de seu corpo.

— Seja bem-vindo! Ficamos muito felizes com sua visita e esperamos que aproveite. Sugiro iniciar com uma de nossas bebidas geladas especiais — falou Líliam, apontando a metade superior da primeira folha do cardápio, onde se encontravam ilustrações de bebidas coloridas enfeitadas por miniutensílios de bonecas feitos de doce.

— Obrigado. Ouvi falar muito bem deste local e estava ansioso para conhecê-lo. Infelizmente o clima atrapalhou um pouco.

— Por acaso prefere os dias frios, senhor?

— Sem dúvida. O céu acinzentado e o doce nevoeiro trazem tranquilidade à alma, não acha?

Líliam sorriu em dúvida e afastou alguns fios de seu cabelo cor de petróleo, sentindo o olhar do rapaz. Ele a avaliava. Era uma garota normal, com estatura média, corpo esguio, cabelos longos arrumados com charme sobre um dos ombros, pele chocolate e olhos claros como mel. O rapaz deliciou-se com a visão de seu pescoço e sua clavícula quando ela virou o rosto para pedir a um dos atendentes que trouxesse um copo de água. Ela estava prestes a se retirar com um pedido educado quando ele exclamou e tomou sua mão, aproximando-a dos lábios. Apesar do espanto, ela deixou que ele pousasse um rápido beijo nas costas de sua mão. Direcionando um sorriso galante, ele prosseguiu:

— Que falta de educação a minha. Não me apresentei. Adam Collin, mas pode me chamar de Adam.

Líliam precisou prender uma risada com os sussurros de inveja que encheram o local.

— O prazer é todo meu. Sou a proprietária do café, Líliam. Pode me chamar de Lili. Assim que estiver pronto para fazer o pedido, basta chamar um dos atendentes. Qualquer problema que surgir, não hesite em me comunicar — respondeu Líliam apontando para o boneco de cabelos rosados ao seu lado.

Adam concordou com um aceno, soltando os dedos da garota que se afastou em direção a um grupo de mulheres histéricas que acenavam. O rapaz apoiou o queixo em uma das mãos e passou a observar os clientes. Todos os olhares estavam voltados para ele e as jovens cochichavam entre si, soltando risos finos. Algumas encolhiam os ombros, desviando o olhar enquanto outras lhe lançavam sorrisos atrevidos e piscadelas. Divertia-se com tudo aquilo.

O rapaz não recordava há quanto tempo tinha deixado de ser humano, mas desde o ocorrido as coisas se repetiam. Em todo lugar era o centro das atenções, ganhando suspiros apaixonados. Pobres ovelhinhas. Mal sabiam que não passavam de presas.

Uma caçada divertida para alimentar sua sede e sua necessidade de sangue. Incontáveis vítimas reunidas em um único lugar. Em sua mente, decidiu que faria daquele estranho estabelecimento seu local de seleção.

Para a alegria das frequentadoras, Adam passou a visitar a cafeteria semanalmente. Sempre ficava rodeado por belos jovens de ambos os sexos que se entregavam aos seus charmes. Estava satisfeito pela fartura de alimentos, mas algo o intrigava. Havia uma pessoa que aparentemente não caía em seus encantos: Líliam. A moça era sempre cortês, mantendo atendimento e gentileza impecáveis, mas não mostrava nenhum sinal de interesse romântico. Porém, não era isso que mais lhe causava estranhamento.

Ele tinha conquistado pessoas belíssimas e com habilidades invejáveis, mas sua atenção era sempre desviada para a meiga proprietária. Surpreendia-se observando cada movimento e gravando cada detalhe de seu corpo. O cheiro dela era refinado e mexia com seus instintos, fazendo-o ser tomado pelo desejo. Queria prová-la. Ficou desconcertado quando quase perdeu o controle ao ver o sangue de Líliam na ocasião em que se cortou com um caco de vidro após um copo ser estilhaçado. Precisou sair às pressas do local, deixando seus admiradores desapontados.

Foi na semana seguinte a esse incidente que ele decidiu que a tomaria para si. Tinha chegado no começo da tarde ao estabelecimento e logo foi arrastado para uma das mesas na lateral esquerda. Notou que o espaço central tinha sido desocupado e parte dos bonecos estava posicionada ali. Questionou e explicaram-lhe que de tempos em tempos Líliam fazia uma apresentação um pouco diferente.

Ela tirou o fôlego de Adam e fez sua pele inteira arrepiar quando passou por uma porta escondida atrás do caixa e se posicionou em meio aos bonecos. Usava um longo vestido cor de vinho, com uma abertura frontal que deixava suas pernas repletas de pinturas abstratas visíveis, luvas de renda negra e uma máscara de Veneza dourada com penas que destacava seus olhos. Após cumprimentar seus companheiros de palco, ela moveu os lábios pintados de vermelho intenso, dando início a uma melancólica canção.

Líliam se movia com leveza, girando o corpo de forma teatral. Os bonecos acompanhavam seus passos, e em certos momentos os mesmos gêmeos que atenderam Adam na primeira vez ofereciam a mão à garota, convidando-a para uma dança mais íntima. Ela aceitava com um sorriso doce e rodopiava pelo salão, alternando entre eles. Finalizaram com uma reverência exagerada ao público, que explodiu em gritos e palmas.

Adam não perdeu tempo em se levantar, livrando-se dos braços de seus admiradores. Apressou-se em direção a Líliam, que retirava a máscara de Veneza ao mesmo tempo que aceitava um copo de água oferecido por um de seus companheiros. Sedutor, ele parou em frente a ela, chamando sua atenção, e tomou sua mão. Inclinou o tronco com um sorriso encantador e beijou os dedos da garota, fazendo-a arregalar os olhos de surpresa.

— Não tenho palavras para descrever meu encanto diante de tamanha demonstração de talento. Você tem certeza de que pertence a este mundo?

Líliam acenou fracamente com a cabeça e sentiu o ar escapar de seus pulmões. Não conseguia tirar os olhos daquele rapaz. Ele endireitou-se, satisfeito com a expressão tola no rosto dela.

"Perfeito. Agora falta pouco para tê-la sob meu controle", pensou Adam, alargando seu sorriso ao ver as bochechas dela ruborizarem.

Ele apertou os dedos da garota e pensou em puxá-la para um abraço, mas um latido feroz o impediu. Assustado, ele liberou

Líliam e saltou para trás, conseguindo escapar por pouco de uma mordida do lobo negro. Este tinha finalmente saído de seu conforto e observava enfurecido aquele homem atrevido. O animal tentou pular novamente sobre Adam, mirando seu pescoço, mas Líliam conseguiu agarrá-lo. Enquanto ela alisava o pelo do animal, esforçando-se para acalmá-lo, Adam afastou-se abalado, balbuciando pedidos de desculpa. Sentia a fúria crescer em seu peito e estava prestes a revelar suas presas, mas conseguiu manter o controle o suficiente para se despedir de seus fãs e retirar-se.

Retornou à cafeteria naquela mesma noite, decidido a possuir Líliam. Não a mataria, mas experimentaria seu doce sangue e a tornaria sua escrava. Esperou, usando a escuridão como aliada até que não havia mais ninguém no estabelecimento. Passou a língua pelos lábios ao certificar-se de que não havia mais sinal de alma viva na rua e avançou, parecendo flutuar.

Líliam ainda usava o longo vestido vinho e terminava de passar um pano na última mesa. Suspirando, ela endireitou a coluna e passou as costas da mão na testa. Estava feliz pelo sucesso do dia, mas a lembrança do estranho Adam a incomodava.

— O que será que...? — Balbuciou Líliam, desviando os olhos para a rua.

Seu corpo paralisou, o pano escapou da mão trêmula e sua respiração parou ao visualizar Adam, imóvel do outro lado do vidro, observando-a com um brilho sinistro nos olhos. Suor frio desceu pela nuca, e arrepios tomaram sua espinha quando Adam alargou o sorriso, deixando caninos afiados à mostra. Ele levou a mão ao vidro e com um simples toque o despedaçou. Líliam encolheu o corpo assustada, protegeu os ouvidos do barulho e tremeu violentamente, sufocando um grito. Deliciando-se com a expressão de terror de sua vítima, Adam entrou, passando sobre os cacos de vidro. Parou no terceiro passo, ao ouvir latidos, e fitou com desprezo o lobo que já se colocava entre ele e Líliam.

Recuperando o controle, ela correu para o lobo, agarrou-o pela coleira e tentou fugir, puxando-o. Apressou-se para a porta atrás do caixa, atravessando-a em disparada. Adam riu com desdém e a seguiu calmamente. Atravessou a porta, entrando em um corredor mal iluminado. Se não estivesse completamente tomado pelo desejo, ele teria percebido os detalhes: os corredores eram estranhamente longos, havia mais cômodos do que seria possível, as portas eram bizarras, escadas em espiral surgiam em intervalos ilógicos e o teto era apenas uma massa negra preenchida por inúmeros pontos coloridos que lembravam purpurina.

Ele a perseguiu por minutos, até que ela se trancou em um dos cômodos. Cansado daquele jogo, ele arrombou a porta com um chute e usou o braço para proteger-se quando o lobo saltou sobre ele. Deixou que os dentes do animal penetrassem sua pele, e seus olhos foram tomados pelo tom vermelho sangue. Com um simples movimento do braço, atirou o lobo contra a parede, fazendo-o ganir e cair inconsciente no chão. Líliam gritou tomada pela ira e avançou sobre ele, mas Adam agarrou seu pescoço e a empurrou de encontro à parede. Líliam gemeu quando suas costas atingiram com força a parede de pedra.

— Finalmente... — Sussurrou Adam, revelando seus dentes.

Abrindo cada vez mais a boca, ele aproximou o rosto do pescoço dela. Estava prestes a mordê-la quando uma pressão insana caiu sobre os seus ombros, fazendo seus olhos saltar e a garganta fechar. Toneladas de chumbo pareceram cair sobre suas costas quando Líliam falou:

— Entendo. Um vampiro...

Desconcertado, ele afastou-se para encará-la, e a sensação foi ainda pior. Precisou se agarrar a todo o seu orgulho para não a soltar e cair de joelhos.

— Suspeitava que fosse um assim que entrou em meu território — continuou Líliam, agarrando o pulso do rapaz.

Ela ergueu o rosto, encarando-o, e sorriu. A mandíbula dele travou, e uma dor paralisante tomou conta de seu braço assim que seu pulso estalou. Extasiado, ele viu os cabelos dela alongar-se até alcançarem os tornozelos e os fios da parte interna mudar de cor passando a ser uma mistura de violeta, prata e azul-piscina. As mesmas pinturas que enfeitavam suas pernas tomaram seus braços, e todas ganharam um brilho discreto. Além disso, cores escuras e minúsculos cristais preencheram suas pálpebras e têmporas, ao mesmo tempo que sua pupila pareceu explodir em uma nuvem de pó, como se uma galáxia nascesse em seus olhos.

Adam nunca havia sentido tanto poder. Tentando achar uma saída, ele observou o local e sua preocupação aumentou. Não havia mais sinal de porta. Estava em um cubículo de paredes de pedras azuladas, rodeado por mesas abarrotadas de vidrarias e instrumentos de laboratório. Percebeu também prateleiras repletas de vidros contendo desde litros de sangue a órgãos como coração, fígado e rins. Aumentando seu abalo, notou protótipos de bonecos presos à porção mais superior das paredes. Sobressaltando-o, duas vozes interromperam seus pensamentos e duas figuras surgiram nas suas laterais.

— Pedimos que solte nossa mestra.

No mesmo instante, Adam a liberou e virou o corpo, reconhecendo os bonecos gêmeos. Na parede à direita, viu o lobo agitar a cabeça, bocejar e se levantar.

— Acho que devemos começar... — Anunciou Líliam, pousando a mão entre as escápulas do vampiro.

A mente de Adam escureceu por completo e ele tombou para a frente, inconsciente. Líliam aproximou a mão do queixo, pensativa, e notou a aproximação do lobo.

— Fico feliz que esteja bem, Kylle — disse, olhando o animal com doçura.

Ele parou à sua frente, fitando-a em silêncio. Sorrindo, Líliam estalou os dedos. Um círculo arroxeado contornou Kylle e sua pele descolou do corpo, revelando a forma humana: um rapaz de vestes góticas com pele de porcelana, olhos rubros, cabelos variando entre petróleo e prata amarrados sobre um dos ombros, orelhas negras e uma cauda longa. Divertindo-se, Líliam agachou ao lado de Adam, apoiando o queixo na mão.

— O que acham de um novo companheiro, queridos?

Kylle rosnou insatisfeito, e os gêmeos trocaram um olhar inexpressivo. Ela riu, jogando o peito para trás, e levantou-se. Seguiu para um divã de madeira com estofado negro, ordenando aos gêmeos:

— Thye, Fhye. Prendam-no!

Obedientemente eles se aproximaram de Adam, revelando fios avermelhados nas mãos. Imobilizaram-no, arrastaram-no para o centro da sala e o posicionaram de joelhos.

Após minutos, Adam acordou com os músculos doloridos e a cabeça pesada. Gemendo, ele abriu os olhos e identificou Líliam acomodada confortavelmente no divã. Kylle estava na ponta direita, alisando os cabelos dela enquanto lhe permitia usar seu peito como travesseiro. Thye estava sentado no chão, massageando o braço da garota, enquanto Fhye tinha sentado na ponta esquerda e massageava suas pernas. Os três atreviam-se a pousar beijos rápidos na pele de Líliam. Pescoço, ombros, mãos e joelhos eram os principais alvos.

Entre um arrepio e uma risada divertida, Líliam direcionou sua atenção ao prisioneiro. Adam engoliu com dificuldade e resistiu à nova pressão que desabava em seus ombros. Imaginava com quem estava lidando. Não tinha como confundir alguém de tamanho poder. Já ouvira histórias sobre ela. Fingindo confiança, ele anunciou:

— Estou na presença de alguém realmente ilustre, não? A bruxa mais famosa dentro da história e a mais antiga de quem já se ouviu falar. Aquela cujo sangue desperta o desejo de toda criatura devido à magia que carrega. Criadora da necromancia. Liderou os metamorfos por anos até que sumiu misteriosamente sem deixar rastro. Para muitos, apenas uma lenda. Então, é aqui que esteve se escondendo.

— Já ouviu falar de mim?! Você é mais esperto do que pensei. Infelizmente ainda é muito jovem e carrega esse desejo tolo por desafios. Sua presença é incômoda e está fazendo bastante alvoroço — respondeu Líliam, acariciando o rosto de Thye.

Sua expressão tornou-se séria e ela inclinou a cabeça, permitindo que Kylle afundasse o nariz em seu pescoço.

— Toda essa atenção que está atraindo para meu estabelecimento e meus queridos servos não me agrada em nada. Como é que resolveremos esse pequeno impasse? — Continuou Líliam, estendendo a mão para Fhye.

Fhye inclinou o corpo em direção à mestra e segurou seus dedos enquanto deslizava a mão por sua coxa. Com a boca ainda colada à pele dela, Kylle rosnou:

— Basta me ordenar, que eu mesmo o cortarei em pedaços e comerei cada um deles. Não sobrará nem o cheiro.

— Ora, não precisamos ser tão radicais. Ele daria um lindo boneco, não acha?

Kylle moveu discretamente o rosto para encará-la e juntou as sobrancelhas, insatisfeito. Adam moveu-se tentando livrar-se das cordas, e os vidros repletos de sangue entraram em seu campo de visão, despertando sua fome. Ele fechou os olhos com força. Precisava manter a cabeça no lugar para raciocinar. A risada esnobe de Líliam o forçou a encará-la novamente.

— Com fome? Me diga, todo esse desejo por sangue não é inconveniente? Afinal, se não tivesse sido tomado pela sede de sangue, teria notado a pequena armadilha.

— Você me parece ter uma sede de sangue bem maior — retrucou Adam.

— Infelizmente tenho o gosto um pouco mais problemático. O que vê aqui é para alimentar meus amados.

Confuso, Adam franziu o cenho e balbuciou, achando a própria pergunta idiota:

— Seus bonecos... comem?

Líliam coçou a orelha de Kylle, fazendo-o descolar de seu pescoço, e sentou-se. Cruzou as pernas com elegância e tocou o rosto dos gêmeos, incentivando-os a se aproximarem a ponto de sentir a respiração deles em sua nuca. Em seguida, moveu as mãos até os seus peitos. Círculos reluziram nas costas dos dois, que inclinaram o tórax como se entrassem em transe. Deles surgiram corpos feitos de pura escuridão, com olhos dourados cheios de luxúria, chifres longos, dentes serrilhados e garras afiadas. Adam reconheceu as formas e murmurou, com uma mistura de admiração e medo:

— Demônios...

— Sim. Os primeiros a desejarem meu sangue e que me serviram de teste. Felizmente as coisas correram bem melhor do que o esperado.

— É assim que os bonecos funcionam? Nunca foram bonecos, para começo de conversa.

— São bonecos. Feitos da mais bela porcelana. Porém, o que habita em cada peça da minha coleção e lhes permite se mover com tamanha graça é incrivelmente variado. Vampiros, fadas, lobisomens, metamorfos, humanos, bruxas. Qualquer ser que ousou invadir meus domínios ou teve a ideia imprudente de tentar roubar meu sangue, mesmo sabendo o que iria enfrentar. Mas não pense que sou de todo má. Alguns dos meus amados estavam apenas cansados de sua monótona eternidade e de como o mundo evoluiu. Escolheram livremente essa nova forma. Além disso, sou uma boa dona. Não lhes falta abrigo nem alimento. Em troca, me ajudam. Você sabe o que as pessoas fazem em estabelecimentos como o meu?

Adam permaneceu em silêncio. Líliam afastou as mãos dos peitos dos gêmeos, fazendo as sombras desaparecerem, e levantou-se.

— Reunir-se com amigos ou familiares para conversas alegres parece a melhor resposta, não? Mas existe algo que poucos lembram. Reclamações, frustrações, inveja, medos, desconfortos e tristezas. Muitos buscam lugares assim para descarregar toda essa energia, e para mim esse é o melhor alimento.

— E todos esses bonecos a ajudam a obter isso.

Líliam caminhou até Adam e confirmou com um sorriso.

— Imagino que já tenha deduzido o que acontecerá com você.

— Por que me transformar em um boneco se pode me usar de uma forma mais interessante? — Adam riu.

— Por acaso pensa em me prometer lealdade? Por que eu deveria confiar em sua palavra? — questionou Líliam, retomando a seriedade.

— Você não estaria confiando em minha palavra, mas na sua própria magia. Afinal, se tem a habilidade de arrancar uma alma para recolocá-la em um mero boneco de porcelana, não tenho dúvida de que pode lançar uma maldição em mim forte o bastante para me matar se eu ousar enganá-la.

Líliam permaneceu em silêncio, analisando as possibilidades.

— Será um bom negócio. Precisa de suprimento para suas peças, mas me parece que esses bonecos não são capazes de sair da cafeteria — continuou Adam.

— Ela tem a mim para isso — interferiu Kylle, levantando-se e posicionando-se ao lado de Líliam.

— Você não prefere ficar ao lado de sua dona vinte e quatro horas, como um bom cachorrinho? — Provocou Adam.

Kylle rosnou enfurecido, mas Líliam o calou ao chamar seu nome com rispidez. Preocupado, ele insistiu:

— Lili, você não pode confiar nele! Na primeira oportunidade ele vai atacá-la.

— Kylle... com quem pensa que está falando? Acha que ele tem a mínima chance de conseguir me machucar? Está duvidando de minha habilidade?

Líliam o fitou com tamanha intensidade que seu corpo esquentou e os pelos de suas orelhas e da cauda se eriçaram violentamente. Perturbado, Kylle balbuciou um pedido de desculpas quase inaudível e abaixou a cabeça. Líliam mudou para Adam, e ele se arrependeu de sua ousadia. As cordas ao redor de seu corpo ferveram, queimando sua pele a ponto de descamá-la, invadir seu subcutâneo e alcançar a musculatura. Ele urrou de dor e atirou-se para a frente, colando a testa ao chão. Quando Líliam voltou a se pronunciar, as cordas desapareceram.

— É melhor medir suas palavras.

Adam moveu-se desajeitado, sussurrando suas desculpas, e Líliam decidiu:

— Tudo bem. Vou aceitá-lo. Veremos sua utilidade.

Kylle se moveu incomodado e mordeu os lábios, prendendo uma reclamação. Girando o corpo, Líliam o surpreendeu ao colar-se a ele com uma expressão carinhosa.

— Não se preocupe. Você sempre terá seus privilégios.

Sem esperar sua resposta, Líliam o beijou intensamente, afastando todas as preocupações. Ele respondeu forçando mais sua boca à dela e apertando sua cintura. Quando afastaram os lábios, Adam levantou o peito com uma careta de dor.

— São muitos privilégios, não? — comentou Adam.

Líliam sorriu, e Kylle afrouxou o abraço apenas o suficiente para ela se voltar para Adam.

— Todos que ele desejar. Afinal de contas, ele me acompanha livremente há séculos — retrucou Líliam, alisando a nuca de Kylle.

O incentivo fez Kylle apertar sua cintura e afundar o rosto em seu pescoço com certa impaciência. Líliam voltou a sorrir maldosa e aproximou o pé de Adam.

— Agora, por que não fechamos nosso pequeno contrato? Espero que possa trazer muitos suprimentos de forma satisfatoriamente discreta.

Adam sentiu um inesperado arrepio de prazer percorrer seu corpo e riu do pensamento que lhe ocorreu. No final das contas, não parecia de todo ruim esse pequeno contrato. Com cuidado ele tomou o pé dela em suas mãos e deslizou os dedos por seu tornozelo, percebendo que uma marca específica localizada no dorso brilhava com mais intensidade. Sem hesitar, pousou os lábios sobre ela e sua mão percorreu a perna de Líliam. Essa pequena marca poderia ser sua ruína. Em sua eternidade imutável, finalmente havia aparecido algo que o desafiava verdadeiramente. Satisfeito, ele levantou os olhos para a bruxa que acabara de selar seu destino e seus bizarros companheiros.

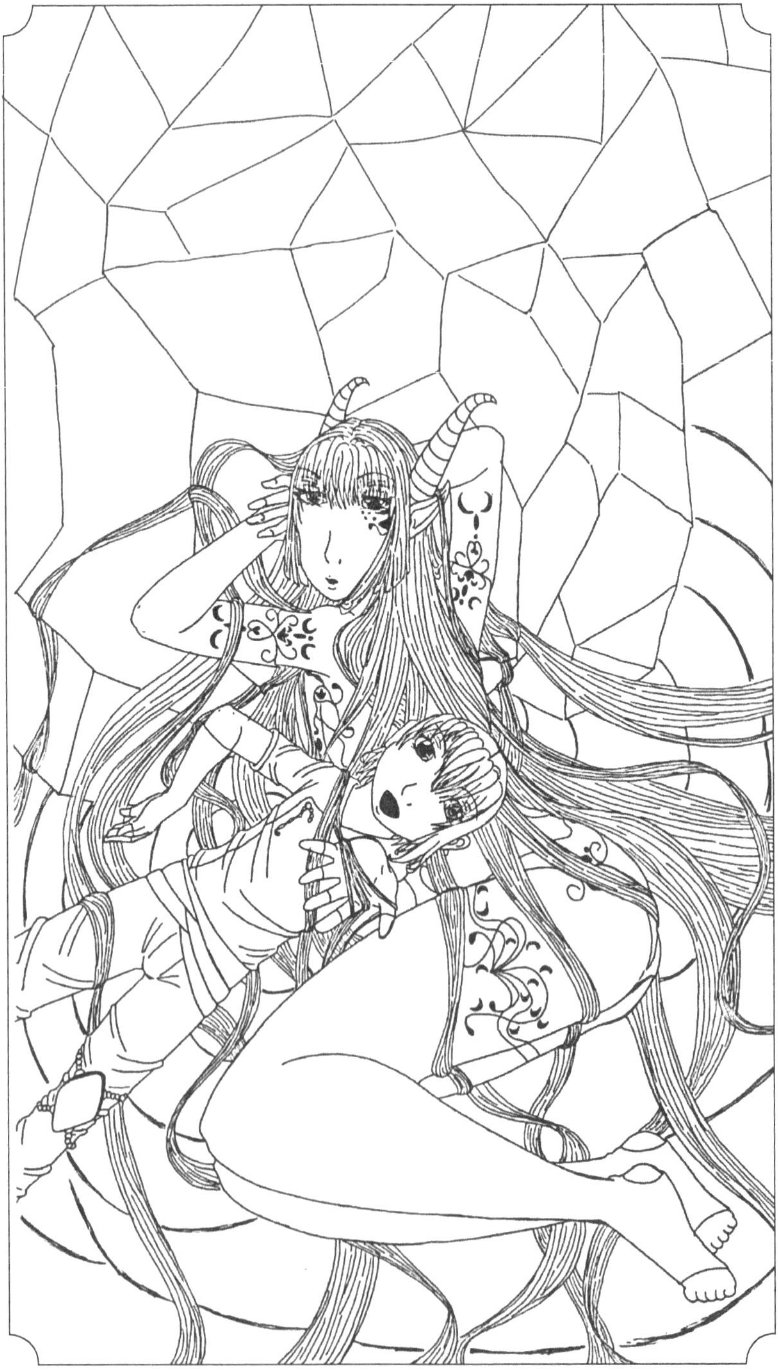

O encanto de um demônio

Essa é uma história de séculos passados, quando o país ainda se encontrava dividido em pequenas tribos e criaturas demoníacas andavam livres, espreitando pela escuridão em constante guerra com os humanos. Divididos por majestosos rios, gigantes morros, imensos vales e divinas florestas, os humanos tentavam sobreviver por meio de sua valentia e suas habilidades em batalhas. Dentre as tribos, Karany era a mais respeitada, pela espantosa capacidade de seus guerreiros em lidar com os inimigos e sua ousadia em aventurar-se nos recantos mais temidos. Porém, até mesmo eles eram cautelosos quando se tratava da sombria Floresta dos Sussurros.

Ao norte da tribo, era conhecida pelos anciões por abrigar o mais horripilante e belo de todos os demônios que já haviam pisado nesta terra. Aquele que possuía o que ambos, humanos e demônios, mais ansiavam desde sua criação: a inebriante eternidade. Esse mesmo ser havia enlouquecido até os homens mais fortes que ousaram pisar em seu território. Era em meio a suas árvores altas de troncos envelhecidos e folhas negras que a lenda tinha início.

Nas profundezas da floresta, seu silêncio era quebrado pelo estalo de folhas e gravetos. Uma pequena criança caminhava sem rumo por entre pedras baixas e raízes, choramingando enquanto retirava lágrimas constantes do rosto. As barras da calça negra estavam rasgadas, a camiseta completamente suja e mantinha apenas a luva da mão esquerda. Suas botas tinham ficado no meio do caminho, e os pés já estavam repletos de cortes menores. Vez ou outra agarrava-se a um dos galhos baixos evitando quedas, mas sua bochecha pintada de vermelho rubro denunciava uma queda passada. Ao seguir cada vez mais fundo, sussurrando pedidos inconsoláveis de socorro, não percebia os olhos atentos que o observavam.

A poucos metros as árvores ficaram menos densas, e ao ver uma luz fraca o pequeno rapaz apressou o passo, esperançoso. Passou por um arco de galhos grossos cobertos de musgo e arquejou impressionado. Por um segundo as lágrimas cessaram e o espanto tomou lugar. Estava em um amplo espaço de grama verde e plantas rasteiras que serpenteavam até uma bela cachoeira de rochas de carvão pontilhadas de cristais azulados. O pequeno aproximou-se do centro com passos atrapalhados, girando a cabeça para todos os lados. Parecia ter saído de um conto de fadas, formando um contraste impressionante com os muros de madeira que o rodeavam. Porém, mesmo em meio àquela beleza, o sentimento de isolamento e tensão era esmagador. Ele sentiu a garganta fechar e as lágrimas encherem seus olhos. Puxou o ar, soluçou algumas vezes e deixou o choro sair ainda mais alto. Estremeceu ao perceber uma presença sufocante e os passos silenciosos em sua direção. Engoliu ruidosamente a saliva, tremeu violentamente, batendo os dentes, e fechou com força os olhos quando sua coluna congelou com a respiração quase imperceptível às suas costas.

— O que procura aqui, tola criança?

A criança saltou, esbugalhando os olhos desesperada e virando-se de uma só vez para aquela criatura. O que viu foi ainda mais deslumbrante do que tudo aquilo e fez seu choro cessar como mágica. Nunca pusera os olhos em um ser tão belo e magnífico. Uma mulher pálida como a neve, cabelos longos escorrendo e arrastando-se pelo chão, brilhando em prata. O mais desconcertante eram suas pupilas em fenda em meio a vermelho rubi e lustrosos chifres azulados por trás de suas orelhas pontudas. Ele sentiu o corpo paralisado e as bochechas queimarem. À primeira vista ela parecia estar nua, mas quando se prestava atenção era possível perceber vestes finas semelhantes a pinturas cobrindo suas partes íntimas, entrelaçando-se em seus braços e suas pernas.

Ela mirava com interesse aquele humano minúsculo e magricelo de cabelos rosados como algodão-doce e olhos bicolores de azul-safira e castanho citrino. Tentava entender o porquê de ele ainda não ter corrido ou desmaiado. Todos que um dia pisaram naquela floresta tinham tido tais reações ao ver apenas sua sombra entre as folhas. Em vez disso, aquele mini-humano arregalava cada vez mais os olhos brilhosos de admiração e escancarava a boca. Será que ele não tinha percebido seus caninos afiados? Ela inclinou a cabeça e abaixou o tronco de uma vez, quase encostando a testa na do garoto.

— Os adultos não o avisaram que deveria ficar longe deste lugar, tola criança?

Ela sorria deixando os caninos bem visíveis, e o vermelho de seus olhos brilhou de forma sinistra. Com certeza ele abriria o berreiro e correria como um bezerro assustado. Ficou sem palavras quando ele simplesmente exclamou alto, cheio de excitação. Séria, procurou por algum sinal de que ele não era humano, mas não tinha nada. Aquilo era mesmo um filhote de humano. Ela já tinha vivido tantos anos que não se lembrava mais de como eram. De qualquer modo, não era de seu interesse. Iria ignorá-lo e quem sabe ele iria embora. Ela endireitou-se tentando afastar-se, mas, surpreendendo-a novamente, a criança agarrou-se a seus cabelos.

— Você é tão bonita, moça!

— Ora, mas que criança atrevida!

Voltou a sorrir, achando até divertido aquele pequenino enrolando-se confusamente entre os fios prateados de seu cabelo. Decidiu que brincaria um pouco com ele. Levou a mão ao queixo dele e aproximou seu rosto ao do menino, fazendo novos fios roçarem pela bochecha da criança.

— Será que devo comê-lo?

— Minha carne não é boa. Você pode acabar tendo dor de barriga.

— Não deveria estar implorando por sua vida agora?

— Então... não me come, moça bonita. Em vez disso, brinca comigo.

Ela sentiu a pequenina mão agarrar com firmeza a sua. Quantos séculos fazia que não sentia o calor de uma alma? Era tão aconchegante que a incomodava. Estava na hora de encerrar a brincadeira. Ela soltou-se do garoto, lançando-lhe um olhar duro que notou com alívio ter feito os ombros dele enrijecerem. Afastou-se em direção ao rio, parecendo flutuar pela grama. Mal tocou os pés na água quando atravessou em direção ao rochedo ao fim da cascata. Acomodou o corpo, esticando o tronco sobre a formação dura, afundou uma das pernas na água e deitou a cabeça sobre os braços, deixando a água bater direto em suas costas e arrastar seus cabelos consigo para unir-se às profundezas. Cerrou os olhos, mas percebeu que o intruso ainda a observava. Escutou passos desajeitados, farfalhar de folhas e então o silêncio.

Esperou alguns minutos antes de abrir os olhos para conferir, pensando satisfeita que ele deveria ter ido embora. Levantou alguns centímetros a cabeça e franziu as sobrancelhas irritada ao visualizar que ele tinha apenas sentado na borda do rio, com o tronco reto e as mãos agarradas às pernas. O garoto a fitava com insistência, com os lábios afastados e as bochechas ruborizadas. Ela se perguntou o que se passava com aquele estranho.

— Criança tola...

— Sim!

— Quantos anos tem?

— Fiz dez anos ontem!

— Não deveria estar desesperado para voltar para seus genitores?

— Genitores...?

Ele coçou o queixo, sem entender bem a questão. Apoiou-se nos braços, levantando-se preguiçosamente, e forçou a mente. Fazia muito tempo que não precisava usar as palavras. Não se lembrava bem delas ou de seus significados.

— Pais ou algo assim.

— Ah! Eles estão trabalhando. Não devem ter notado meu sumiço ainda. Por isso, vamos brincar um pouco.

— Não estava chorando em desespero até agora há pouco?

Todo o corpo do menino ruborizou intensamente, e ele lançou o tronco para a frente, defendendo-se.

— Essa floresta é assustadora e eu pensava que estava sozinho.

— E agora?

— Bem... essa parte não é tão assustadora. Além disso, não estou mais sozinho.

Ele abriu um sorriso largo, balançando o corpo para os lados enquanto divertia-se com a possível nova amizade. Nem fazia ideia de que toda essa animação só a irritava. Sorrindo falsamente, ela afastou alguns fios do rosto e estendeu a mão em direção a ele, convidando-o elegantemente:

— Então vamos brincar. Venha aqui, criança tola.

Sem nem responder, ele levantou agitado e aproximou-se mais do rio. Observou aquela água cristalina e notou os fios prateados dançando ao fundo. Imaginou que não fosse muito fundo e sem hesitação jogou o corpo. Infelizmente, não era tão raso assim. No começo conseguiu içar o corpo para cima e manter a cabeça fora da água enquanto se debatia e esforçava-se para alcançar aquela mão estendida. Apesar de engasgar-se em alguns momentos, mantinha um sorriso. Estava a poucos centímetros dela quando sua força o deixou e então afundou, seguindo para o fundo como se uma pedra pesada o puxasse. Ela continuou parada, vendo bolhas desaparecerem da superfície da água. Estava intrigada. Não esperava que ele fosse tão ingênuo a ponto de aceitar seu convite e entrar tão descuidadamente ali. Ainda por cima se aproximar tanto de onde ela estava. Talvez ele pudesse distraí-la um pouco.

Com um único impulso ela jogou-se em direção ao fundo, alcançando-o em um segundo. Ficou ainda mais intrigada pelo fato de ele estar tão calmo. Tinha fechado os olhos e deixava seu corpo seguir sem resistência. Quando ela agarrou a sua cintura e o trouxe para perto, ele abriu os olhos e sorriu, ao mesmo tempo que envolvia seu pescoço com os curtos braços. Ela lhe ordenou tapar o nariz, e assim que ele obedeceu lançou-se para a superfície. Deixou o tronco sair por completo da água e sentou-se elegantemente sobre a superfície cristalina, como se seu corpo não tivesse qualquer peso. Manteve a criança colada a si e deixou-a repousar em seu colo. Riu quando o viu agitar os cabelos e livrar o nariz dos dedos.

— Incrível! Vamos de novo! — Exclamou o garoto.
— Deseja morrer afogado, criança tola?
— Claro que não! E não me chamo criança tola!

Ele bateu os pés na água, inchando as bochechas aborrecido, e segurou-se com maior firmeza nos ombros dela. Divertindo-se, ela abaixou a cabeça o suficiente para colar suas testas.

— E como se chama, então?
— Hana...
— A graça de Deus...

Murmurou para si e pensou se deveria continuar a conversa com aquela criança. Provavelmente só lhe traria problemas. Uma criatura tão frágil poderia ser fatiada em inúmeros pedaços com o mínimo esforço dos seres existentes ali, inclusive por ela. Porém, parecia mais proveitoso deixá-la viver. Tinha uma sensação nova de formigamento na coluna que a alertava sobre as mudanças que estavam por vir. Sentiu o leve cheiro de sangue e percebeu filetes tingindo a água. Ele estava estranhamente calado e demonstrava-se levemente encabulado. "Talvez pelo nome feminino", pensou a bela mulher.

— Não posso curar suas feridas, mas ao menos tenho como lhe trazer certo alívio.

Seus olhos de rubi reluziram, e com nova admiração o menino sentiu o corpo dela esquentar. Percebeu que aos poucos a água em volta de seus pés também esquentava até que ficou confortavelmente morna e a dor de seus cortes desapareceu.

— Incrível!!!

Ele bateu os pés alegremente e, sem cerimônia, colou seu tronco ao dela, descansando a bochecha em seu colo e deixando o calor se espalhar por toda a sua pele. Ficou minutos ali, cantarolando feliz até que se lembrou de que não havia perguntado o nome da moça bonita. Levantou a cabeça com a intenção de questioná-la, mas ela já se levantava, carregando-o nos braços. Observou os próprios pés pendendo nas laterais de sua cintura e riu com excitação ao confirmar que ela realmente andava sobre a água. Não tinha acreditado muito nos próprios olhos quando a viu atravessar o rio, mas agora fitava claramente os pés dela sobre o líquido cristalino como se estivesse em cima de uma fina, mas firme, lâmina de gelo. Ela caminhou elegantemente para a borda e soltou a criança na grama. Hana a soltou com certa relutância e não perdeu tempo em agarrar-se a seus cabelos novamente.

— Se permanecer entre esses fios, não será possível brincarmos. Não era o que você queria?

— Então vai brincar comigo!?

Ela confirmou com um aceno discreto e retirou-se da água, ignorando os pulos excitados de Hana, que girava sobre os calcanhares. Ela deixou que ele escolhesse e guiasse todas as brincadeiras. Afinal, mesmo que quisesse não saberia uma sequer. Não se lembrava de nenhum tipo de interação que tivesse tido em qualquer ano de sua longa existência.

Começaram com algo chamado esconde-esconde, e o menino parecia estar em um lugar completamente diferente. Corria por entre as árvores escuras, saltando os obstáculos com precisão e esquadrinhando cada centímetro atrás do esconderijo dela. Infelizmente, era impossível que ele descobrisse, já que ela apenas se mantinha nos galhos mais altos, observando-o com interesse. Passaram quase uma hora nessa distração até que ela se mostrou e o levou de volta à beira da cachoeira. Mudaram para pega-pega, sem muita diferença no resultado. Ele corria com todas as forças, mas não conseguia nem agarrar uma mecha do cabelo, mesmo ela deixando propositadamente ele aproximar-se ao máximo.

Já era final da tarde quando ele se esticou na grama completamente esgotado. Continuava sorrindo largamente quando ela se sentou com elegância ao seu lado. Ficaram em silêncio ouvindo o estalar da cascata, o assobio da brisa e o sussurro das folhas. Ele estava perto de adormecer, sem fazer ideia de que nos arredores da floresta vozes desesperadas chamavam por seu nome. Gritos de dor distantes que apenas os ouvidos sobre-humanos do belo demônio captavam. Estava na hora de devolver a criança a seus consanguíneos. Porém, iriam ter um pequeno contratempo.

Com um estrondo o chão tremeu, despertando Hana de seu transe. Ele pulou em alerta, virando a cabeça para todos os lados. Cambaleou com o segundo tremor.

— Parece que teremos uma visita desagradável — anunciou o demônio.

Ele pensou em perguntar o que seria, mas não precisou. Rachando o chão, uma criatura gigantesca surgiu bem no centro de onde estavam. Tinha dentes afiados e longos como os de um lobo, pelos por todo o corpo e chifres circulares no topo da cabeça triangular. Seu cheiro era nauseante e seu rugido, congelante. Ela riu, imaginando que tipo de expressão aquele pequeno faria. Será que iria chorar, correr desesperado, ou apenas desmaiar ali mesmo? Levantou-se para tirar aquele monstro barulhento do caminho, mas espantou-se com a ação valente de Hana. Sem demonstrar sinais de medo, ele se colocou entre ela e o monstro em posição de ataque. Em um segundo bateu o punho na palma da mão, moveu os dedos em três sinais estranhos e agitou a mão como se lançasse uma lâmina. No próximo segundo uma parede de fogo alaranjado surgiu aos pés do monstro, que agitou as patas enormes e uivou alto.

— Vejam só... Até que é uma criança talentosa... — Balbuciou o demônio, aproximando uma mão dos lábios e sorrindo com malícia.

Ela esperou e, quando o monstro tornou a agitar a pata, puxou o garoto pela cintura e saltou para longe, colocando-o bem acomodado em um de seus braços. Confuso, ele segurou-se firme ao pescoço dela. O golpe foi o bastante para extinguir todo o fogo.

— Você até faz jus a seu nome, mas ainda precisa de muita prática. Deixe-me mostrar, pequeno Hana.

Com graça e velocidade impressionantes, ela aproximou-se e saltou além da cabeça do monstro. Girou majestosamente no ar, sem soltar o menino, e atingiu com precisão o centro da testa daquela criatura. Assim que seus pés encostaram na pele do animal todo o seu corpo congelou, selando-o para sempre. Finalizando, ela pulou e girou uma única vez para acertar um chute direto em seu abdômen, quebrando-o em mil pedaços insignificantes. Pousou como uma pena no chão e levou algumas mechas do cabelo para trás com arrogância. O pequeno em seus braços tinha os olhos saltados, cintilando como diamantes puros.

Ela sentiu o desejo de trocar mais algumas palavras, mas se limitou a surpreendê-lo com um beijo doce na testa. No próximo instante ele foi tomado pelo sono e adormeceu por completo. Era assim que deveria ser. Devolveria o estranho Hana para seus pais, que o manteriam longe daquela floresta amaldiçoada, e tudo aquilo não passaria de um agitado sonho nascido de uma mente fértil e hiperativa. Faria com que tal encontro jamais tivesse ocorrido.

Com os olhos reluzindo, uma brisa suave envolveu seus pés, e como feitiçaria seu corpo desapareceu para surgir entre as últimas árvores que separavam a floresta da entrada da tribo Karany, à qual o pequeno pertencia. Pôde dizer com precisão porque conseguia visualizar uma mulher de cabelos longos e rosados aos prantos, tentando correr para a floresta. Era segurada por dois homens, sendo que um deles também derramava lágrimas em profunda dor. Podia ouvir suas súplicas como se rezassem para a floresta devolver sua cria. Achou interessante tal fé.

Ela tocou de leve a testa do menino e colocou-o no chão. Apesar de continuar em sono profundo, ele ficou de pé e começou a afastar-se a passos curtos e incertos. Quando atravessou as últimas árvores e ficou à vista, os humanos arregalaram os olhos em choque. A mulher soluçou alto e soltou-se dos braços daqueles homens, correndo desenfreada ao encontro do garoto e agarrando-o com todas as forças. Espremeu-o tanto que ele acabou acordando do transe. Apenas reclamou que estava doendo, mas foi o bastante para fazer a mulher sorrir largamente e enchê-lo de beijos. O homem se juntou à comemoração em segundos, e por alguma razão eles lançaram um sorriso cheio de gratidão para as árvores.

Ignorando aqueles olhares amistosos, a criatura afastou-se para as profundezas. Retornava ao seu lugar de sossego e isolamento, imaginando quanto tempo levaria para aquele ser desenvolver toda a sua capacidade. Ele ainda seria grande. Afinal, nenhum outro havia alcançado o seu local de descanso e muito menos saído dali intacto. Chegar ao centro não era fácil, mas de algum modo ele fora agraciado pela floresta. Esse seria o começo de sua grandeza: o pequeno Hana, aquele que recebera a graça tanto de Deus como do demônio.

Repetindo os próprios passos, ela caminhou até a cachoeira, estirou o corpo na pedra logo abaixo da cascata, afundou as pernas na água e deitou o rosto nos braços. Permaneceria ali, com a água atingindo suas costas e livrando-se dos demônios menores que tanto almejavam seu sangue. Esperaria até o dia em que veria tal humano novamente, pois os fios já estavam tecidos, e para um demônio a vida de um humano passava num piscar de olhos.

Esta obra foi composta em Mrs Eaves XL Narrow 11 pt e impressa em papel Pólen soft 80 g/m² pela gráfica META.